光文社文庫

長編時代小説

鹿鳴《はぎ》の声

隅田川御用帳㈩

藤原緋沙子

光文社

※本書は、二〇〇六年十月に
廣済堂文庫より刊行された
『鹿鳴の声　隅田川御用帳〈十二〉』を、
文字を大きくしたうえで、
さらに著者が大幅に加筆したものです。

目次

伝通院
小石川
白山
神明宮
中山道
駒込
小石川御門
水戸徳川家
春日町
水道橋
千駄木
御林
駒込追分
加賀前田家
本郷
藍染川
道灌山
日暮里
霊雲寺
湯島聖堂
湯島天神
神田大明神
茅町
池之端仲町
不忍池
弁天
明神下
妻恋坂
築山藩の上屋敷
下谷広小路
東叡山寛永寺
根岸
谷中本村
外神田
下谷長者町
下谷金杉町
御徒町
下谷の御徒組屋敷
下谷山崎町
向柳原
三味線堀
広徳寺
新寺町
幡随院
下谷竜泉寺町
元鳥越町
甚内橋
玉王寺
阿部川町
新吉原
千住大橋
鳥越橋
御蔵前片町
新堀川
新旅籠町
日本堤
東本願寺
御蔵前通り
御蔵前
御米蔵
浅草寺
小塚原
首尾の松
黒船町
田原町
三間町
浅草広小路
諏訪町
山谷町
御厩河岸之渡し
駒形町
材木町
雷門
新鳥越町
新鳥越橋
花川戸町
聖天町
浅草駒形堂
竹町之渡し
吾妻橋
待乳山聖天宮
山谷堀
今戸橋
今戸町
隅田川
白鬚之渡し
源森橋
向島墨堤
中之郷
瓦町
竹屋之渡し
木母寺
隅田村
源森川
小梅村
三囲稲荷
長命寺
諏訪明神
北割下水
須崎村
向島百花園
寺島村
法恩寺橋
業平橋
小梅村
柳島村
押上村
天神橋
十間川
亀戸天神

『隅田川御用帳』の世界
麹町
番町
千鳥ヶ淵
半蔵御門
田安御門
西之御丸
虎之御門
新シ橋
外桜田御門
雉子橋御門
江戸城
和田倉御門
一橋御門
猿楽町
南町奉行所
幸橋
土橋
数寄屋橋
御門
北町奉行所
汐留橋
神田橋御門
富士見坂
常盤橋御門
呉服橋御門
←至品川
濱御殿
三十間堀川
西紺屋町
比丘尼橋
昌平橋
竜閑橋
平永町
水谷町
京橋
数寄屋町
本銀町
鍛冶町
通新石町
木挽町
築地の浴恩園
西本願寺
品川町
今川橋
伊沢道場
筋違御門
日本橋
室町
本町四丁目
大伝馬町
岩本町
柳森稲荷
和泉橋
佐久間河岸
神田相生町
楓川
佐内町
道浄橋
内神田
豊島町
神田川
八丁堀
弾正橋
海賊橋
本船町
小伝馬町
亀井町
水谷町
組屋敷
八丁堀
江戸橋
堀江町
柳原土手
神田佐久間町
福井町
中之橋
南茅場町
日本橋川
小網町
思案橋
親父橋
堀江六軒町
長谷川町
富沢町
千鳥橋
馬喰町
横山町
稲荷橋
鉄炮洲
本湊町
一ノ橋
新川
高橋
南新堀町
行徳河岸
汐見橋
栄橋
両国広小路
浅草橋
船松町
米沢町
佃島
霊岸島
三ノ橋
二ノ橋
箱崎町
浜町堀
小川橋
十四郎の住む長屋
薬研堀
柳橋
石川島
永代橋
行徳川
浜町
両国橋
大川端
隅田川
熊井町
佐賀町
今川町
上之橋
万年橋
新大橋
一ツ目之橋
尾上町
元町
弁財天
回向院
三ツ屋
万年町
海辺大工町
御粉蔵
松井町
相生町
松坂町
横網町
御竹蔵
黒江町
橘屋
伊勢崎町
六間堀
六間堀町
亀沢町
越中島
慶光寺
中ノ橋
北之橋
常盤町
松井橋
二ツ目之橋
海辺橋
仙台堀
弥勒寺橋
蓬莱橋
深川元町
北森下町
五間堀
深川
富岡八幡宮
小名木川
東平野町
霊巌寺
本所
南割下水
亀久橋
竪川
吉岡橋
雲光院
吉永町
三ツ目之橋
三笠町
洲崎
木場
新高橋
入江町
横川
南辻橋
北辻橋
北中之橋
猿江橋
西
北
東
南
猿江町
御材木蔵
清水橋
0
1km
横十間川
亀戸村
柳島村

慶光寺配置図

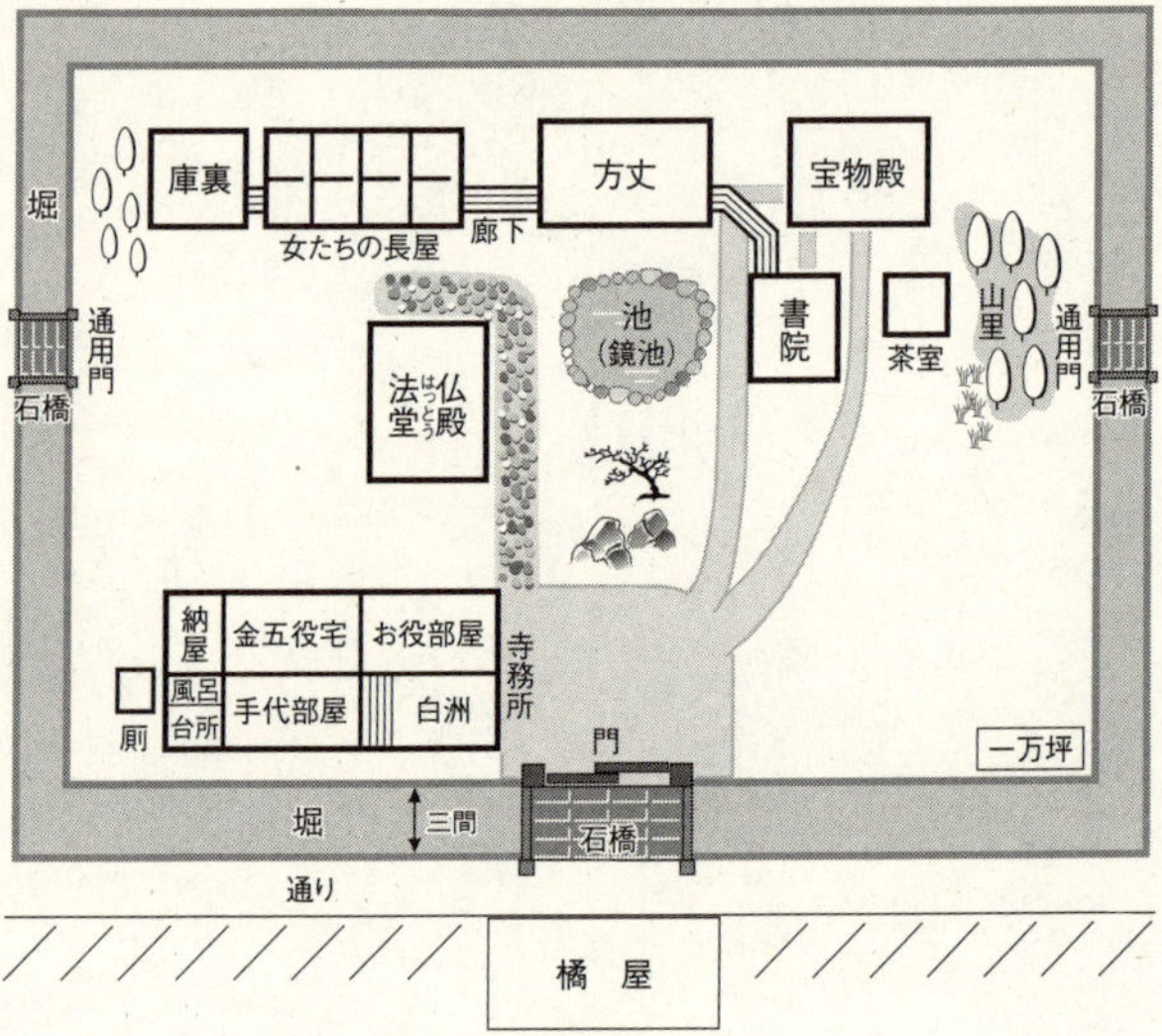

方丈《ほうじょう》　寺院の長者・住持の居所。

法堂《はっとう》　禅寺で法門の教義を講演する堂。他宗の講堂にあたる。

庫裏《くり》　寺の台所。住職や家族の居間。

「隅田川御用帳」シリーズ　主な登場人物

塙十四郎　築山藩定府勤めの勘定組頭の息子だったが、家督を継いだ後、御家断絶で浪人に。武士に襲われていた楽翁（松平定信）を剣で守ったことがきっかけとなり「御用宿　橘屋」で働くこととなる。一刀流の剣の遣い手。寺役人の近藤金五とはかつての道場仲間である。

お登勢　橘屋の女将。亭主を亡くして以降、女手一つで橘屋を切り盛りしている。

近藤金五　慶光寺の寺役人。十四郎とは道場仲間。

秋月千草　諏訪町にある剣術道場の主であり、近藤金五の妻。

藤七　橘屋の番頭。十四郎とともに調べをするが、捕物にも活躍する。

万吉　橘屋の小僧。孤児だったが、お登勢が面倒を見ている。

お民　橘屋の女中。

おたか　橘屋の仲居頭。

八兵衛　塙十四郎が住んでいる米沢町の長屋の大家。

松波孫一郎　北町奉行所の吟味方与力。十四郎、金五が懇意にしており、橘屋ともいい関係にある。

柳庵　橘屋かかりつけの医者。本道はもとより、外科も極めている医者で、父親は千代田城の奥医師をしている。

万寿院（お万の方）　十代将軍家治の側室お万の方。落飾して万寿院となる。慶光寺の主。

楽翁（松平定信）　かつては権勢を誇った老中首座。隠居して楽翁を号するが、まだ幕閣に影響力を持つ。

鹿鳴《はぎ》の声

隅田川御用帳（十二）

第一話　ぬくもり

一

「おていさん、万寿院《まんじゆいん》様にお別れを……」

春月尼《しゆんげつに》は、方丈《ほうじよう》の広間の廊下際に手をついて頭を下げている、おていという女に静かに言った。

部屋の中には、奥の座に紫の法衣《ほうえ》を着た縁切り寺『慶光寺《けいこうじ》』の万寿院が座り、片側に寺役人の近藤金五《こんどうきんご》、そして塙十四郎《はなわじゆうしろう》、『橘屋《たちばな》』のお登勢《とせ》が見守っている。

座敷の前庭には凜《りん》と澄んだ秋の陽射しが落ちていて、時折肌に感じる冷涼な風が身を引き締める。

おていというのは、馬喰町《ばくろちよう》の八百屋『千成屋《せんなり》』卯之吉《うのきち》の女房だったが、本日をもって離縁が成立した女である。

寺入りした者の修行は、この慶光寺では二年と決まっている。

二年、寺でつとめあげれば法の力で離縁が叶《かな》うのであった。

ただ、二年を待たずして寺を出ることができる場合もあった。夫が離縁を承諾すれば、その時点で、二年に満たなくても寺を出られた。

おていの場合もその例で、一年半で夫から届けがあり、それで半年早く離縁が成立したのである。

おていは、ゆっくりと顔を上げると、

「万寿院様、いろいろとありがとうございました。このご恩、忘れません。万寿院様もどうか息災《そくさい》にお過ごし下さいませ」

しんみりと挨拶をする。

「おてい……」

万寿院は柔らかい声で呼びかけた。

「これからは、よくよく仏様に手をあわせ、これまでのことを反省し、二度とこのようなことのないように……」

「はい」

「人生は一度しかない。だからこそこの寺も、みなの行く末が幸せになるように手を貸すのです。でも、相手の人生も一度しかないのです。その相手の人生も離縁によって大きく狂うことを余儀なくさせたのは自分だったということを忘れてはなりません。相手に非があったとしてもです。謙虚に、他人に思いやりをもって、これからは暮らしてほしいと思います」

「万寿院様」

おていは感極まった目で万寿院を見る。

「わたくしは、幸せを願っていますよ」

万寿院は、おていの幸せを願いながらも、心の持ちようを優しく伝え、二度と駆け込みなどという辛い行いをしなくてもよいようにと、おていを送り出したのだ。

庫裏《くり》の前では、寺入りしている女たちがおていを見送った。

おていは旅支度をしていた。

親元が上方《かみがた》で、今日のうちに品川《しながわ》まで出て、品川にいる親戚の家に一泊してから、明日江戸を離れる。

もう二度と、この江戸の地を踏むことはないだろうと思われた。

「藤七《とうしち》が品川まで送るそうだな」

寺務所の前で金五が尋ねた。

「はい」

おていが頷《うなず》くのと同時に、寺務所でおていを待ち受けていた橘屋の番頭の藤七が言った。

「私の母親と父親が京の外れに埋葬されています。寺への供養料をこのおていさんが届けてくれると言ってくれましたので、せめて品川まで送らせていただこうかと存じまして」

と言う。

「そうか、藤七の両親は、むこうにいたんだな」

「はい。十二の時に別れてから会ったのは一度だけ、死に目にも会えずに親不孝を致しましたので……」

国元には遠い親戚しか残っていない。藤七は両親の骨をこちらに持ってくることも考えたが、自分には妻も子もいない。自分が死んだ時のことを考えると、やはり田舎の山川の見えるところに葬られているほうが、両親にとってはよいに違いないと思ったようだ。

それで、毎年供養料を送り届けているのだと、藤七は言った。

おていは深々と、十四郎やお登勢や金五に頭を下げたのち、寺の門をくぐって外に出た。

だが、石橋を渡って通りに出たところで、はっとして立ち止まる。

「おてい……」

本日づけで別れることになった亭主、卯之吉が待ち受けていたのである。

十四郎たちも驚いて、おていを庇《かば》うようにして取り巻いた。

女房を諦めきれない夫が、寺を出てくるのを待って刃傷《にんじょう》に及ぶこともある。

それを心配したのであった。

だが、卯之吉の表情は見るも憐れに窶《やつ》れていて、そんな気配は見られなかった。

「おてい、すまなかった」

卯之吉は、周りにいる十四郎やお登勢たちなど目に入っていないような、真剣な眼差しをおていに向けていた。これが会うのも最後だというような悲壮なものがあった。

争っていた時には憎しみを剝き出しにしていた卯之吉が、今はその気持ちを心のどこかで濾過《ろか》したように、おていへの情愛だけが残っているように見えた。

おていは、黙って頭を下げた。

「ひとつだけ伝えておきたくてここに来た。苦労をかけてすまなかった。ありがとう」

溢れる思いを呑み込んで、苦しげな声で卯之吉は言った。

「お前さん……」

おていの目に、涙が滲《にじ》む。

その言葉を、なぜもっと早く言ってくれなかったのか――。

そんな思いが、おていの表情に表れて、消えた。

「体に気をつけてな、おてい」

「お前さんも……」

おていは、深く頭を下げた。

「では……」

藤七の言葉で、おていは藤七と連れ立って、慶光寺をあとにした。

「お世話をおかけいたしました」

卯之吉も、よろよろと反対の方向に去っていく。

十四郎もお登勢も、そして金五も、複雑な思いを抱いて別れていく二人の後ろ姿を見送った。

――それにしても……。

ほろ苦い酒を飲んだ。

十四郎は伊勢崎町《いせざきちょう》の飲み屋を出ると、金五と別れて西に向かった。

おていの離縁の結末は、少なからず三人の胸に残った。

おていの後ろ姿にも、むろん卯之吉の後ろ姿にも、言いようのない侘《わび》しさが漂っていた。ただ、それでもおていは、最後にはしっかりと地を踏み締めて去っていった。

ところが卯之吉ときたら、空を踏むような足取りで、あれではどこかで溶けて消えてしまうのではないかと思われるほど、稀薄な存在に見えた。

金五などは、

「苦労をかけてすまなかった、ありがとう、とはな。十四郎、おぬしには分からぬだろうが、あの言葉はなかなか言えぬぞ。俺はなんだか卯之吉が哀れになってきた」

などと感慨に耽《ふけ》るかと思ったら、

「母上の友達で同じ組屋敷の者だがな、隠居して家督を息子に譲った途端、女房の態度が豹変《ひょうへん》したというのだ。ゆっくり食事をとっていれば『まあ、お前さま。いつまで召し上がっているのですか』とくる。また、うっかり下帯を洗濯に出すのを忘れていたりすれば『まあ、お前さま、その不潔な臭いにも気づかないほど老いぼれたのでございますか』などと嫌味を言うらしい。隠居をした途端、そんな態度に出られたらたまったもんじゃない。俺もいまから策を練っておかねばと考えているんだ」

などと弱音を吐いた。

「いっそ藤七のように、女にまったく縁のない生きざまの方が、さばさばしていいのかもしれん」

金五の言葉で、二人の関心事は最後には藤七に向いた。

藤七は、お登勢が嫁入る前から橘屋にいたそうだから、金五などはその昔を知る由《よし》もない。

以前お登勢に聞いたところでは、藤七は橘屋に番頭として入る前には、丸太新《まるたしん》道《みち》にある紙屋『山科屋《やましな》』の手代《てだい》だったという。

山科屋がどれほどの店かは知らぬが、江戸にある大店《おおだな》の多くは、上方の京や大《おお》坂《さか》などにある店の支店である。

本店は京や大坂にあって、奉公人の主な者たちは、みな京大坂の人間ということになる。

奉公人も、丁稚《でっち》から手代に、手代から番頭にのしあがっていく者たちは、たいがい江戸者ではなく、京大坂の者である。

春や秋には、江戸店の者は、新しい奉公人を求めるために帰郷する。丁稚小僧といわれる歳の頃から躾《しつ》けていくためである。

藤七も多分そんな感じで、子供の頃にこの江戸にやってきたに違いない。

しかし、なぜ紙屋の手代が、橋屋の番頭になったかは金五も知らぬ所だった。

「不思議なのは、俺が知る限り、浮いた話ひとつないからな。いまとなっては藤七も結構な年齢だが、若い時があった筈《はず》だ。よくこの江戸にいて、妻ももたず、女も買わず……。ひょっとして何かな、女に興味がないのかもしれぬな。うん、そうだ。十四郎、他には考えられまい」

などと金五の興味は尽きることはなく、腰を上げるのがすっかり遅くなったのである。

——確かに藤七は、自身のことを語ったことがない……。

藤七は、橋屋の仕事に殉ずる覚悟ではないかと思うほど、お登勢と橋屋の行く末を案じているように見える。

十四郎が、さきほどまで一緒だった金五との話を反芻《はんすう》しながら、酔いに任せてふらりふらりと松平陸奥守《まつだいらむつのかみ》の屋敷の塀を右に見て、上之橋《かみのはし》の手前まで来た時だった。

対岸の今川町《いまがわちょう》に白い煙が上がったと思ったら、黒い影が三つ、河岸に走り降りた。

「やっ」

目をこすってその影を追う。

すると、三人の影は、河岸地に繋《つな》いであった舟に乗って、あっという間に隅田《すみだ》川《がわ》に出ていった。

今川町では半鐘《はんしょう》が鳴り響いたが、火はぼやで終わったらしく、まもなく煙は霧のように暗い空に消えていった。

二

「いや、あれは、狐火《きつねび》の甚五郎《じんごろう》一味が現れた、その狼煙《のろし》でした」

数日後、橋屋に現れた北町奉行所吟味方与力《ぎんみかたよりき》の松波孫一郎《まつなみまごいちろう》は、一枚の読売《よみうり》をお登勢の前に出した。

「狐火の甚五郎？」

お登勢は読売を引き寄せて読み終わると、十四郎の膝前に滑らせてきた。

読売には、『再来、狐火の甚五郎』と大きく題を打ち、なさけ容赦のない一味で、塀の中に火玉をほうり込み、家人が大騒ぎをしているうちに金を奪っていく盗賊だと書いてあった。

数日前の夜に狙われたのは、深川《ふかがわ》の今川町の油問屋だということだった。

「松波さん、俺は奴らが逃げていくのを実見した。影は三人……」

「まことですか」

「仙台堀《せんだいぼり》の対岸から見たのだが、河岸に舟を用意してあったようだ」

「ふむ」

松波は頷くと、

「以前からそうでした。大騒ぎをしているうちに、逃げ失せる。あっという間の早業《はやわざ》です。この橘屋も気をつけられたほうがいい。奴らは繁盛している店を前もって調べて入る。それを伝えたくて立ち寄ったのだ」

「ありがとうございます。天水桶《てんすいおけ》なども増やしまして、火のつくようなものは庭には置かないように致します」

「それがいい。では私はこれで……十年前に取り逃がしておりますから、じっとしてはおられぬのだ」

松波は、女中のお民《たみ》が先程運んできた茶菓子には手もつけず、そそくさと帰っていった。

入れ替わるように、

「お登勢様、駆け込み人です。お通ししてもよろしいでしょうか」

お民が顔を出して言った。

「では、隣のお部屋にお通しして……ああ、それから、藤七にも同席するように伝えて下さい」

お登勢は、駆け込み人を、帳場の裏の小部屋に入れるよう指示し、

「十四郎様、お願いします」

　膝前に残っていた茶を飲み干してから、立ち上がった。

「私は元鳥越町《もととりごえちょう》の小間物屋『美里屋《みさと》』の女房で、おはつと申します。人伝《ひとづて》に、こちらに駆け込めば離縁が叶うと聞いておりました。どうぞお助け下さいませ」

　おはつは両手をついた。膝の横には大きな風呂敷包みが置いてある。

「今日からこちらにお泊めいただけませんでしょうか」

　と言う。

「おはつさんとおっしゃいましたね。拝見したところ、お着物をはじめ持ち物に至るまで、とても心の行き届いた物をお持ちのようでございますね。良い暮らしをなさっておいでのようにうかがえますが、離縁を望むとは、いったい何があったのでございますか」

　お登勢は、怪訝《けげん》な顔で聞いた。

「はい。夫が嫌になったのでございます。以前には気にならなかったのに、箸の持ち方、食べ方すべて、見ていていらいらするのでございます。それに……」

「それに？」

「別々の部屋に休んでおります」

おはつは、俯《うつむ》いて言った。

お登勢は、ははんという納得顔で、口元に笑みを浮かべると、

「ご亭主のなにもかもが嫌になる原因は、それにあるのかもしれませんね」

おはつの顔をじっと窺《うかが》う。

遠回しながら、夫婦の閨《ねや》房のことをお登勢は口にした。

十四郎などは閨房のことに話が及ぶや、どんな言葉で踏み込んでいっていいものか、ただうろたえるばかりである。だが、お登勢は頓着《とんちやく》しない。朝餉《あさげ》に何を食べたかと聞くようなさりげなさで、しらっとした顔で聞くのである。もっとも以前お登勢は、駆け込み人に夫婦の仲のことをしゃべってもらおうと思ったら、こちらが恥ずかしがっていては肝心の話を聞き損ないます、などと言っていた。

調べだと思えば、その姿勢は頷ける。

十四郎も藤七も、おはつの顔を見た。

おはつはしばらく考えていたが、

「そうかもしれません」

納得したような顔で頷いた。

「ご主人には、外に女の人がいるのですか」

お登勢は注意深い顔で聞く。

「確かめた訳ではありませんが……」

「いるに違いないと疑っているのですか」

「はい。でも、分かっているのは、もう愛情が、夫婦の愛情がなくなったということです」

「……」

お登勢は、しばらくおはつを見詰めていたが、

「おはつさん、こんなことを申し上げてはなんですが、あなたがた夫婦のような関係は、この世にいっぱいあるのではないでしょうか。ご亭主が外にもうひとつ家庭をつくったとか、折檻《せっかん》が絶えないとか、あるいは博打《ばくち》にうつつを抜かして稼業をおろそかにするとか、そういう切羽詰まった話ではありませんね」

「……」

「親子兄弟ですら、自分の思う通りにはならない世の中です。まして夫婦といえども、もとは他人です。自分の意に沿わぬことは皆あるのではないでしょうか。もう少し考えてみられたらいかがでしょう」

お登勢の頭の中には、先日離縁となって別れの言葉を交わした、おていと卯之吉夫婦の様子があった。

「いいえ、もう駄目です」

おはつは、きっぱりと言う。

「おはつ、一人で考えずに、一度亭主とじっくり話してみたらどうなんだ……話してみたのか？」

十四郎が口を添える。

「……」

「お登勢殿がいま言った通り、駆け込みをするような切迫した事情があるとは俺も思えぬのだが」

「お願いします。私、他にお縋《すが》りするところはございません。ここを追い出されたら行くところがございません」

だが、おはつは、とうとう泣き出した。

お登勢は、大きく溜め息を吐《つ》くと、

「ではこうしましょう。あなたに代わって、ご亭主の身辺を調べてみます。ご亭主の気持ちも聞いてみましょう。もしも、あなたの無用の心配に過ぎなかったその時には、この橘屋、駆け込みの話はお引き受けすることはできません。駆け込みによる離縁は、他に道のひとつもない人のためにあるのですから……よろしいですね」

厳しい口調で言った。

おはつは、不承不承だが、頷いた。

元鳥越町にある小間物屋『美里屋』は、外からみたところでは、訪れる客もひっきりなしで、また奉公人の何人かは、浅い引き出しを何段も重ねた風呂敷を背負って町に出て売り歩いているらしく、店には活気があった。

主と思《おぼ》しきおはつの夫も、少しもじっとしていることはなく、客の応対やら、品物を納めにくる櫛《くし》簪《かんざし》の職人や、白粉《おしろい》や紙入れ、煙草入れの職人や、店の者たちとの商談で忙しく働いていた。

十四郎は、藤七と二人であれから三日、差し向かいの煮売り屋の二階を借りて張り込んでいるのだが、夫の与兵衛《よへえ》に女の影は見えなかった。

与兵衛は、時折来客がとぎれた時に表に立って左右を背伸びするように目を配る。それから肩を落として店の中に入った。一日に何度も見せるその姿は、おそらく女房のおはつが行方知れずになって不安にかられてのことかと思われた。

「十四郎様、誰でしょうね、あのご隠居は」

藤七が突然声をあげた。美里屋の店の軒下で女客と立ち話をしている老女に気づいたのだ。

「ああ、あのお人は、与兵衛さんのおっかさんで、お綱《つな》さんですよ」

茶を淹《い》れ替えていた女将《おかみ》がちらと外を覗いて告げた。

「あのお店を開いたのは、先代の与兵衛さんとお綱さんですからね。お綱さんは隠居の身ではあるのですが、お店が心配で時々ああして様子を見に来てるんです」

「すると、住まいは別の所なのか」

十四郎が尋ねる。

「はい、隣町に一人で暮らしているようですよ。だって与兵衛さんの今のお嫁さんは二度目ですからね。前の人とお綱さんは折り合いが悪くて、それで別れたようですから、今度のお嫁さんには気を遣っているのでしょうね」

「そうか、おはつは後妻だったのか」

「はい。今度こそと与兵衛さんも思ったんでしょうね。おっかさんのお綱さんを説得して、別居したんですから」

「すると、今度は嫁姑の仲は問題ないのだな」

「さあ、それはどうでしょうね。お綱さんはおはつさんの素性が気に入らないとか最初から言ってましたからね。初めから二人が一緒になるのは反対だったようです。そうそう、孫も生まれないとかなんとか愚痴を言ってましたから、お綱さんは面白くないようでしたよ」

十四郎と藤七は顔を見合わせた。

「でもね、私言ってやったんですよ、おっかさんに……夫婦の仲が良ければそれでいいじゃないですかって」

「すると、夫婦の仲は良かったのだな？」

十四郎が念を押す。

「ええ、とっても……大きな声では言えませんがね」

女将は膝で畳をするようにして十四郎に近づくと、階下を気にするような視線を投げて小声で言った。

「うちなんか、寄ると触ると喧嘩してますよ……そんなに喧嘩ばっかりするんだったら別れればいいのにと思いますけど、そう思いません？　うちの嫁などは、少しはおはつさんの爪の垢《あか》でも煎《せん》じて飲んでほしいくらいです。あら、言わないでおこうと思ってたのに、言っちゃった」

女将は舌をぺろりと出して階下に下りた。

その夜、十四郎はお登勢と相談の上、与兵衛を佐賀町《さがちょう》の料理屋『三ツ屋《みや》』の二階に呼びつけた。

こちらから美里屋の店を訪ねるのは、お綱の手前避けたほうが良いと判断したからだ。

使いにやった若い衆の話によれば、与兵衛ははじめ、なぜ橘屋から呼び出されるのか合点《がてん》がいかなかったらしく、おはつが駆け込みをしたと知ると、仰天したらしい。

与兵衛は、その夜あった商談を延期して三ツ屋に飛んできた。

「おはつはいったい、私のどこが気に入らなくて、離縁を望んでいるのでしょうか」

座るやいなや、与兵衛は言った。

「いろいろおっしゃっているのですが、ひょっとして私たちには言いにくい与兵衛さんの事情があるのかもしれない、そう思いましてね」

お登勢は言った。

「いえ……こちらに寄せていただく前に、よくよく考えましたが、私には心当たりはありません。おはつは、何と言っているのでしょうか」

「何もかも嫌になったと……休む部屋も別々のようですね」

「それは……それはおはつが頭痛持ちで、自分の方から言い出したことでございます」

「あなたが、おはつさんを顧《かえり》みなくなったからじゃございませんか」

「いいえ、おはつは、子が授からないことを気に病んでおりまして、気晴らしにどこかに湯治にでも行こうかと言っていたところでした。おはつも喜びまして、いろいろと計画を練っていたところでございます。第一、私と別れてどうするというのでしょうか。あれは、行くところなぞありません。私と一緒になるまでは天涯孤独の身の上でした」

与兵衛は、おはつと知り合った頃の話をした。

それは五年前のことになるが、当時おはつは、柳橋《やなぎばし》の南袂にある船宿『中川《なかがわ》』の女中をしていた。

小間物屋の寄り合いでその船宿の船を使ったことがあって、かいがいしく客の世話をするおはつを、与兵衛は好ましく思った。

以後、何度か中川を使っている間に、与兵衛とおはつは親しくなって、女将に申し出て女房にしたのである。

その時、女将が言ったのは、

「おはつちゃんは訳あって預かった娘だが、この世に親兄弟のいない人です。腹を立てたといって帰るところなどありません。ですから、ずっと添い遂げると約束してくれますね」

与兵衛は身寄りなどいなくて結構、働き者で優しいおはつを、きっと幸せにしますと女将に誓ったのである。

美里屋は大店ではない。ふつうの商店である。主夫婦が奉公人以上に働かなければ回っていかない。

そういう意味でも、おはつは自分には似合いの女房だと思った。

案の定、おはつはたいへんな働き者だった。与兵衛はおはつを嫁にしたことを富籤《とみくじ》に当たったように嬉しがった。

おはつを迎え入れるにあたっては、母を別居させたことも功を奏してか、もめごともなく時は過ぎている。

ただ母親のお綱の頭の中では、与兵衛の嫁として仕入れ先の大店の三女を考えていたらしく不満のようだった。

しかしそんなことが、夫婦の愛情の妨げになることはなかった。

「お前さん、私はお前さんの女房になれて、本当に幸せ者です」

おはつの口癖はそういうものだった。

確かになにかしらの諍《いさか》いはあるにはあったが、夫婦の絆にひびの入るようなものではなかった。

店の方もこの五年の間にお客も売上も増えている。

おはつも近頃は、商店のおかみさんとして、時折芝居見物や花見に出かけられるようになって喜んでいた。

「その矢先に……私はおはつがどうにかなったとしか、考えられません」

与兵衛は、夫婦の不和など絶対にないと言い切った。

「ふーむ」

十四郎は腕を組んで、お登勢と見合った。

お登勢は、しばらく考えたのち、

「与兵衛さん、おはつさんの昔について、何か話を聞いていますか。船宿の女将さんは、訳ありの人だと言ったといいましたね。その訳ありの話を聞いたことがありますか」

「いいえ……」

与兵衛は首を横に振った。

自分にも前の妻と離縁した苦い過去がある。夫婦とはいえ話したくもない過去をほじくり返すことは嫌なものです、と与兵衛は言ったが、

「おはつに会わせて下さい。お願いします」

手をついた。その必死の目の色には嘘はないように思われた。

三

「帰って下さい。お前さんに話すことは何もありません」

おはつは会いに来た与兵衛に、背を向けたまま冷たく言った。

一度も与兵衛の顔を、見ようともしなかった。

与兵衛はそれでも、

「おはつは何か悪い物に憑《つ》かれているに違いありません。離縁は紙一枚で決着するとはいえ、私には訳も分からず認《したた》めることはできません。どこが嫌なのか、何が原因なのか、はっきりしなくては私自身納得いきかねます。こちら様にはご迷惑をおかけしますが、いましばらく、おはつのこと、よろしくお願い致します」

与兵衛はたっぷりの宿賃を置き、肩を落として帰っていった。

「困りましたね、お登勢様……」

与兵衛が帰り、おはつが部屋へ引きあげると、さすがの藤七も苦虫を噛みつぶしたような顔をした。

「お登勢殿、どうする」

十四郎も思案の目を、冷えた茶を淹れ替えていたお登勢の手元に向けた。

灯火に照らされたお登勢の手は、抜けるように白い。

十四郎は、瞬きをして視線をお登勢の顔に移した。きりりとした艶《つや》のある顔が十四郎の目を捉えていた。

「十四郎様、十四郎様はどのように思われましたか……ご亭主の話に嘘はないと思われますが、そういうことですと、おはつさんは自分だけの勝手で心変わりした女、ということになります」

「ふむ。俺も最初は、辛抱の足りない女子《おなご》もいるものだという気がしていたのだが、何かもっと他に深い訳があるのかもしれぬと……」

「ええ、私も……それが何なのかは分かりませんが」

「ひょっとして、亭主も知らない昔の話がかかわっているのかもしれぬな」

「……」

「それも亭主に知られたくない何かだ。藤七、お前はどう見ている？」

十四郎は、傍で考えを巡らせている藤七に振った。

「はい。私も十四郎様と同じようなことを考えておりました。明日、おはつさんが以前女中をしていたという船宿を当たってみましょう」

「いいえ、その前に荒療治ですが、私に考えがあります」

お登勢はきっぱりと言って二人の顔を見た。

翌日泊まり客が宿を発ち、十四郎が橘屋に顔を見せると、お登勢は自分の部屋におはつを呼んだ。

「おはつさん、おはつさんにはお気の毒ですが、この宿から出ていっていただきます」

お登勢は厳しい口調で言った。

「えっ……」

おはつは意外な顔をしてお登勢を見返した。

「お分かりになりませんか。こちらは手を尽くして調べてみました。ご亭主にも話を聞いてみました。しかし、駆け込みをしてまで離縁をするほどの理由が見当たりません」

「……」

「あなたがここに駆け込んできた時にもお伝えしましたが、二進《にっち》も三進《さっち》もいかないほどの夫婦関係、それも非はご亭主にあると分かった時に、私たちが力をお貸しして法の下の離縁が叶うのです。あなたの場合は、それに値いたしません。ですから宿を払っていただきます」

「お願いします。この宿を追い払われたら、私、行くところがございません」

おはつは悲痛な声を上げた。

「美里屋があるではありませんか。橘屋といたしましては、これ以上、あなたのわがままに付き合ってはいられないのです……番頭さん、おはつさんにはお部屋を空けてもらって下さい」

お登勢は、つと立ち上がった。

「お待ち下さいませ。本当のことをお話しします。ですから、どうぞお助け下さいませ」

おはつは叫んだ。

「本当のこととは？」

お登勢は、長い着物の裾を捌《さば》きかけていた白い足を元に戻して、おはつの前にもう一度座った。

おはつの顔には、怯《おび》えが見える。

「このことは、夫の与兵衛には知られたくない昔のこととかかわりがあるのですが、お尋ね者から逃げたい、その一心で駆け込みを考えました」

「お尋ね者……誰のことです」

お登勢は驚いて思わずおはつの顔を見直した。まさかという思いだった。

十四郎も藤七と顔を見合わせていた。

おはつの体からは、世間の裏道を行く人間とかかわりを持つ者にありがちな、いかがわしい翳《かげ》りは少しも感じられなかった。

「お尋ね者は……狐火の甚五郎です」

「何、狐火の甚五郎が……お前とどういう関係があるのだ」

十四郎が呆気《あっけ》にとられた顔で聞いた。

「昔……」

おはつは、俯いた。下を向いたまま、話しにくそうに話しはじめた。

「昔といっても、船宿の女中をする前の話ですが、田舎から出てきたばかりの頃、奉公していたお店に甚五郎が来ていたのですが、乱暴をされそうになって女将さんに助けていただきました。女将さんはこの店にいてはお前の一生は台無しになるからって、私を逃がしてくれました。それで船宿に移ったのです。先日、その甚五郎がこの江戸に舞い戻ったと読売で知りました。私が美里屋の女房だと知ったら、どんな目に遭うか……そんな心配をしていた時に、両国《りょうごく》でばったり、甚五郎の手下の繁蔵《しげぞう》に会ったのです」

おはつは、苦しげな顔を上げた。

おはつはその時、橋袂にある店で五色団子を買って、外に出てきたところだった。

「おはつじゃねえか」

声をかけられて、振り向くと、四角い顔の、あばた面《づら》の男が懐手《ふところで》に楊枝を咥《くわ》えて近づいてきた。

人の往来の中に、声の主を捉えた時、おはつは手にあった団子の包みを、思わず落としそうになった。

――逃げなくては……。

そう思うものの、足が動かなかった。

「そんなに怖い顔をするんじゃねえやな」

繁蔵はにやにやして、おはつの頭のてっぺんから足の先までなめ回すように見ると、

「ずいぶんいい暮らしをしているようじゃないか。どこに嫁いだんだ？」

「し、知りません」

「親分の気持ちを踏みにじって、ただですむと思ってるのか」

「……」

「楽しみにしてたんだぜ。今度こそお前を抱けるってな」

「嫌です。訴えます、お奉行所に訴えます」

おはつは、小さい声で叫んでいた。

頭の中は真っ白になり、目の前の繁蔵からどうすれば逃げられるか、混乱して

いた。

「そんなことをしてみろ、お前が世話になった姐さんまで牢屋にほうり込まれることになるかもしれねえぜ。それでもいいのかい」

姐さんとは、女将さんのことである。繁蔵の脅しが何を意味するのか、おはつにはおぼろげながら見当がついていた。

「お、女将さんはもう関係ありません」

「ふん。そうもいくめえよ。ふっふっ……まあ、今日のところは見逃してやろう。だがな、このままじゃあすまねえ。それは覚悟しておくんだな」

繁蔵はそう言うと、不敵な笑いを浮かべて去った。

おはつは、そこから動けなくなった。

繁蔵は、このまま立ち去る訳がない。私を尾《つ》けて美里屋を確かめて甚五郎に報告するに違いない。

おはつはもう、家には帰れないと思った。行く当てのないおはつは、とぼとぼしばらく当てもなく歩いていたが、ふと、人伝に聞いた縁切り寺のことが頭に浮かんだ。

縁切り寺に駆け込めば、繁蔵の目から逃れられるし、夫にも迷惑をかけなくて済む。

おはつは用心に用心を重ねて、橋屋に駆け込むことさえ知られないように、柳橋の袂から猪牙舟《ちょきぶね》を雇って隅田川を下り、仙台堀に入り、海辺《うみべ》橋の袂で下りて、橋屋に駆け込んだというのであった。

「夫に迷惑をかけては申し訳がたちません。それが第一の思いでした」

おはつは告白を終えると、膝の上に視線を落とした。

「すると何かな。甚五郎は、お前が最初に奉公した店に、今でも出入りしているのか」

「分かりません。十年も前の話ですから」

「女将さんというのは？……何の商いをしているのだ」

「私が最初に奉公を始めた頃は出合《であい》茶屋の看板をあげてましたけど……」

「けど、何だ」

「お客様に、しろうとの女の人を紹介していました」

「隠れ女郎《じょろう》宿だな」

「……」

おはつは世話になった女将への遠慮か、小さく頷いた。

「その店の場所はどこだ？」

「本所《ほんじょ》の入江町《いりえちょう》です」

と、おはつは言ったが、

「女将さんが心配です。恩ある女将さんが酷い目に遭っているんじゃないかと……」

訴えるような目を向けた。


おはつが言った入江町の女将さんの店というのは、すぐ近くに岡場所がある二階屋だった。

十年前には出合茶屋をやっていたとおはつは言ったが、今は階下に棚を並べて日持ちのする煮売りをやっていた。

十四郎が見たところでは、酒も飲ませるらしいのだが、商いの主は、煮物を売ることに専念しているようだった。

「おまささん、ありがと」

煮売りを買いにきた女が、帰り際に後ろを振り返って、店の中にいる女を「おまささん」と呼んだ。

女将の名は、おまさというらしい。

十四郎は、おまさが外に出てくるのを辛抱強く待った。

万が一、おはつの心配するように甚五郎が中にいる心配があった。そんなところに出向いていって、おはつの名を出せない。

まもなく女将は、煮物を入れた大皿を抱えて、外に出てきた。
五、六軒先の仕舞屋《しもたや》にそれを届けると、すぐに出てきた。出前にやってきたようだ。
「つかぬことを尋ねるが、昔おはつが世話になっていた店の女将だな」

待ち伏せていた十四郎が近づいて言った。

「おはつちゃん……」

女将はびっくりした顔をして、

「おはつちゃんが、どうかしたんですか」

小さな声で聞いてきた。人の目を憚《はばか》るような声だった。

歳の頃は四十も半ばかと思われるが、鬢《びん》には白いものが数本走っている。化粧っ気のない顔だがまだ艶が残っていて、上品な目鼻立ちとあいまって、しっとりとした色気が垣間《かいま》みえる。

この人の昔は……出自はどういうものであったのかと、十四郎はふと思った。

「おはつが、元鳥越町の小間物屋の女房になっていることは知っているな」

「ええ……でも、その後、会ったことはございませんから」

おまさは言った。

——やはりな。

おまさの言葉遣いからは、昔、出合茶屋の看板を掲げ、それを隠れ蓑にして、しろうとの女を呼び出して男に提供していたなどとは想像もつかなかった。

どこかの商家でしつけられて育った女、そんな感じがおまさにはあった。

「少し聞きたいことがあるのだが、そこのしるこ屋までつきあってくれぬか」

十四郎は、すぐ傍にあるしるこ屋に視線を投げた。

「いや、実は俺は駆け込み寺の御用宿、橘屋の者でな。おはつの窮状を聞いてやってきた塙十四郎という者だ」

十四郎は、おまさに告げた。

おまさは神妙な顔で頷くと、十四郎の後ろについて、しるこ屋に入った。

小女にしるこを注文し、衝立《ついたて》で仕切った小座敷にあがると、十四郎はおはつが駆け込んできたあらましをおまさに告げた。

おまさは話を聞き終わると、

「繁蔵は、そんなことを言ったんですか」

怒りが声音の中にみえた。

「おはつはな、あんたのことを案じていた」

「………」

「奴らはお前さんの所に来ているのか……すでに深川で一仕事したことは分かっているのだ」

「………」

「奴らに自由に出入りさせては、お前さんの幸せも、おはつの幸せも望めまい」

「塙様、私はもうとっくに、自分の幸せなどということは諦めて生きています。でも、おはつちゃんは別です」

「いったいなぜ、そなたの店に盗賊が出入りするようになったのだ」

「亡くなった夫が連れてきたんです。博打場でお金を融通してもらったとか言いましてね、それが始まりでした」

十三年前のことである。

おまさと亭主の升之助《ますのすけ》は、借金のために店をとられ、夫の遠い縁を頼ってこの入江町にやってきた。

縁者が出合茶屋を営んでいて、二人で住み込んで働くためだった。升之助は若い衆として使いっぱしりをして、おまさは呼び出しをやった。

呼び出しとは通常、岡場所で行われる客寄せのひとつである。たとえばある小料理屋に上がった客が女を望んだ時、岡場所からそこに出張させて一時を過ごさせるが、その遊女は岡場所の店に詰めている女ではなく、外から呼んでくる。これを呼び出しという。

おまさの場合は、呼び出しでもその意味が少し違った。

出合茶屋とは、そもそも、客と客が待ち合わせて逢瀬《おうせ》を重ねる場所なのだが、そうではなくて、女を世話してほしいと茶屋に上がってくる者がいる。

そういう時に、かねてより約束を交わしているしろうとの女房や娘を呼び出して、金を渡して客に春を売ってもらう、おまさの役目はそういうものだった。

おまさはそこまで話すと、寂しそうに笑った。

「私は、そんな役目は引き受けられないって言ったんです。そしたら夫に厳しく叱られましてね。自分が春を売れないのなら、それぐらいのことができなくてどうするんだって……その時、まだ十三、四歳だったと思いますが、台所の下働きをしていたおはつちゃんが止めに入ってくれましてね……」

おまさは左手を、思い出すように擦った。臘《ろう》細工の熊手《くまで》のように色を失った手を十四郎は見た。

「それは、その時の怪我か」

「ええ、どうにかなってしまったんでしょうね。あれから、指先が思うように動かなくなりました。それで私、腹を決めたんです」

おまさは、夫の言うなりに呼び出しの仕事を受け持った。

女たちは納得して出向いてきている。これで女たちの家族は助かっているのだと思うことにした。

そんな仕事を二年も続けた頃、店を経営していた主が亡くなった。

夫の升之助はこれを受け継いだ。

だが、もともと、一攫千金《いっかくせんきん》を狙う性分の升之助は、昔、店を潰した時と同じように、博打場に通うようになった。

負けが続き、借金を始めた頃、甚五郎と親しくなった。

ところが、間もなく甚五郎が盗みを専《もっぱ》らにする者だということが分かった。

升之助は、端《はな》からそれを承知していたようである。

升之助自身は徒党に加わることはなかったが、仕事の前の大事な密談をする場所を甚五郎に提供することで、金を貰っていたのである。

ところがその夫が死に、おまさが主となっても、甚五郎はやってきた。

すでに出合茶屋は廃業し、おはつと煮売り屋を始めていたが、

「亭主に貸しがあるのを、忘れた訳ではあるまい」

甚五郎はそんな言葉を並べ立ててやってきた。

おまさが、甚五郎の慰みものにされたのは、いうまでもない。

やがて甚五郎は、娘に成長したおはつにも手を出そうとした。

おまさは、体を張っておはつを逃がしたのである。

その直後に、甚五郎は役人に追われて江戸を出た。

「その甚五郎が、まさかまたこの江戸に戻ってくるなんて……塙様、そういう事情なんですよ、私とあの子の関係は……。私、あの子にだけは幸せになってほしい。私の願いです」

「おまさ、そういう事情なら甚五郎がここにまた顔を出すかもしれぬな」

「ええ……ここは岡場所がすぐそこにありますから、人の目を気にせずに出入りできます」

「協力してくれるか……おはつのために」

「はい」

おまさは、しっかりと頷いた。

四

五徳《ごとく》の上にかけられた鉄瓶から、白い湯気が立っている。

湯気は一尺（約三〇センチ）ほど上れば、仏間の冷たい空気にかき消されてしまうのだが、鉄瓶が小さく震えて出す音は、十四郎の報告を聞くお登勢や金五や藤七の心に、一層の緊張感をもたらしていた。

「なるほど。それで納得がいったが、お登勢……こたびは、橘屋だけで事を運ぶ訳にはいかぬぞ。奉行所は奴らの居場所を突きとめるために血眼《ちまなこ》になっていると聞く」

話が終わると、金五は難しい顔をして腕を組んだ。

「もちろんです。狐火の甚五郎がおまささんの所に現れたと分かったその時には、すぐに松波様にお知らせするつもりです」

「さて、そうなると、おはつはしばらくここで預かることになるのだな」

「はい」

「しかし、いまさらだが、厄介な話を持ち込まれたものだな。厳密に言えば、おはつは駆け込みと称してその実、狐火の甚五郎から自分の身を守りたいばかりに俺たちを騙そうとしていたのだ。仕置《しおき》ものだぞ。それを、総出で助けようというのだから……お登勢、こういう話は今回限りにしてもらいたい」

「分かっております。今回限りに致します」

お登勢が金五の役人らしい念押しの言葉を、そのまま復唱したことで、皆失笑してしまった。

今回限りと誓ったところで、つい深入りするのも一度や二度ではないことを、皆承知しているからである。

むろんそれだけ難しい問題を抱えた駆け込み人が多いということにもなるのだろうが、金五の目には、お登勢は少々首を突っ込みすぎではないかと映るのである。

それもこれも、剣の達人の十四郎と、粘り強い調べをする藤七がいればこそだが、金五はひやひやさせられっぱなしである。

注意を与えておかなければ、寺役人としての示しがつかぬ。

「ただ、仮に、だ。狐火の甚五郎が捕まらなかった場合、おはつをどうするのか、考えているのか？　おはつは駆け込み人ではない。そうだな。亭主が嫌いで逃げてきた訳ではないのだ。寺に入れることはできぬぞ。ここに置いておくこともできぬのではないかな」

「いや、金五、おはつは駆け込み人だ」

十四郎が言った。

「十四郎、お前まで何を言い出すのだ。お前がしっかりしてくれないから、余計な荷物を背負《しょ》いこむのだ」

「金五、おはつの場合は、亭主がどうということではない。しかし、どのような理由にしろ、駆け込んで別れたいと考えたのだ。一方、亭主の方は別れないと言っているそうだ。そうだな、藤七」

十四郎は、話を藤七に振った。

藤七は今日、美里屋に出向いている。そして亭主の与兵衛に、なぜおはつが橘屋に駆け込んだのか、真実を話していた。

「近藤様、そういう訳でございますから、形としては駆け込み人でございます」

藤七は、大真面目で言った。

「分かった。もう言うまい。いずれにしても、狐火の甚五郎を捕まえれば、おはつの話は解決する」

「おっしゃる通りでございます」

お登勢は微笑んで言った。


翌日から藤七は、入江町の鐘撞《かねつき》堂が左手に見える河岸地の小屋に入った。

小屋は荷揚げ人足《にんそく》たちの休息場になっているのだが、頭《かしら》に話を通して終日そこで張り込むことにしたのである。

おまさという女の店は、河岸通りから新道に入った二軒目で、小屋から人の出入りは十分に見てとれた。

藤七はそれを確かめてから、座る場所を決めた。

小屋の中は土間になっていて、床板は張ってはいない。だが酒の空き樽が幾つも置いてある。人足たちが腰掛けに使っているのだ。

藤七は、それを引き寄せて、見張りやすい場所に置いた。

そしてもう一つの樽の上には、お登勢が持たせてくれた弁当と竹筒の水筒を置いた。

いつものことだが、根気よく座って相手の動くのを待つ他はない。

白い陽射しが照る大通りを、しばらくぼんやりと見詰めていたが、昼を過ぎると鐘撞堂の近くにある女郎屋から出てきた、首を白く塗った女たち数人がおまさの店に入っていった。

藤七のところから店の中は見えない。だが、女たちがなけなしの銭を出して、宿では口にできないお菜《さい》を買い求めているのは間違いなかった。

入江町は徳川家康《とくがわいえやす》が入府以前からあった町で、建物も古いものが目立つ。町人たちにはお城での御能《おのう》拝見も仰せつけられる歴史のある町だが、一方で多くの女郎宿が林立するという不思議な取りあわせの町でもあった。

町は間口百間《けん》（約一八二メートル）近くはありそうだが、奥行きは二十間（約三六メートル）余で細長い。

そして藤七のいる小屋からよく見える鐘撞堂近くは、多くの女郎宿があった。

藤七は、この町に来たのは初めてだった。だが人伝に聞いた話によれば、女郎の数は千人以上だというから、その数を鵜呑みにできないまでもたいへんな数である。

夜になれば安女郎を買いに男たちが四方から集まってくる。結構な賑わいになるに違いなかった。

そういう場所にある一軒に、盗賊が密談のために集まるというのは頷ける。盗賊たちが出没しても、人は女郎を買う客だとしか思わないだろう。盗みを終えてここに帰ってきた時も、路地に煌々《こうこう》とついている灯の中を、賊は客のような顔をして堂々と歩くことができる。誰も怪しむ者はいない筈だ。

様々考えていると、おまさの店に先程入った女郎二人が、袖で煮物を隠すようにして、こちらに走ってきた。

藤七は板戸を半開きにして外を見ていたが、慌てて閉めた。

首を白く塗り、赤い襦袢《じゅばん》を小袖の下に覗かせた女が二人、小屋の前で立ち止まると、板戸に手を伸ばした。

――いかん。

藤七は必死に戸を両手で押さえて開かないように頑張った。

「おかしいわね、鍵をつけたのかしらね」

一人の女が破れた穴から中を覗こうとしたが、もう一人の女が言った。

「いいよ、ここで食べよう。早く帰らないと女将さんに叱られるよ」

「そうね」

二人は小屋の横手に回って、小屋を背にして蹲《うずくま》ったようだ。

何を食べているのかは分からないが、旨そうに舌鼓《したつづみ》を打つ音が聞こえてきた。

「ねえ、煮売り屋の女将さんだけど、あの人も昔あたしたちと同じだったの？」

女はおまさの話を始めた。

「多分ね……あたしが聞いた話じゃ、呼び出しやってたって聞いてるよ」

「でも、あたしは誰かの囲い者だったって聞いたことある。だからあたしたちに優しいんじゃないの」

「そうかもしれない。なんだかあの女将さんの顔みると、ほっとするもの」

女はそう言ったのち、

「あら、おきみちゃん、食べないの。あたし貰ってもいい？」

女は言った。もう一人の女は、おきみというらしい。

「いいわよ」

おきみという女が答えた。

また二人は食べることに没頭しているようだった。

しばらく沈黙が続いたが、

「もう行かないと……」

一人が立ち上がった。

「やだやだ、また今日も回しじゃ体がもたないよ」

もう一人も立ち上がって、二人は藤七が戸を押さえている前までやってきた。

その時である。

煮売り屋の店から中年の女が飛び出してきた。

「ああ、いたいた、おきみちゃん！」

女は手を振ってこちらに駆けてくる。

「女将さん……」

おきみという女は立ちつくして女将を待っているようだった。

「おつりをね。間違ってたの、御免なさいね」

おきみという女郎に駆け寄って、その掌におつりを渡した女を戸のすき間から見た藤七は、息も止まるかと思うほどびっくりした。

——おしち、おしちお嬢様……。

五

藤七は、弱い陽射しを受けて暖簾《のれん》が靡《なび》く紙屋『相模屋《さがみ》』の前に立っていた。丸太新道にあるこの古い紙屋は、藤七が京の田舎から十二歳の頃に奉公にあがった店である。

いやその時には、店には『山科屋』という暖簾が靡いていた。

山科屋から暇を貰って以来、藤七がこの町に足を踏み入れることはなかった。近隣の町に用事がある時にも、この町は避けて通ってきた。

店の前を通るのさえ、辛かったからである。

――なぜ、あの山科屋が相模屋に替わったのか……。

なぜ、山科屋の一人娘のおしちが、あんな場所で煮売り屋の女将をやっているのか……。なぜ、おまさと名乗っているのか……。

謎は果てしなく、藤七の胸に広がっていった。

煮売りを隠れて食していた女郎たちが去り、おまさ、いや、おしちが店に引き返していってから、藤七は煮売り屋に顔を出して、おしちにその疑問をぶつけてみようかと思ったのだが、やはりその勇気はなかった。

見る影もない中年の窶《やつ》れた女の顔を思い出しながら、あれはおしちではない、人違いだと言い聞かせてみたが、切れ長の目やこぢんまりした口元は、間違いなく藤七が忘れようとしても忘れられない奉公先の跡取り娘おしちのものだった。

「おや、藤七さんではありませんか」

呆然として立ち尽くしている藤七に、声をかけてきた者がいる。

渋茶の縞《しま》の着物をきりりと着た相模屋の番頭が、客を送り出して店の前に立っている藤七に気づいたようだった。

「宗助《そうすけ》さん?……宗助さんか」

藤七は、驚いて番頭を見返した。

宗助は、藤七と同じように、山科屋で丁稚から手代になった同輩である。

「いやいや、藤七さんにお会いできるとは思ってもみませんでした。どうです、良かったらお店に上がっていきませんか。積もる話もある」

「しかし……」

「驚いているんでしょう、あの山科屋が相模屋に替わっていて」

宗助は、後ろを振り返って、悠然とはためく暖簾を見た。

「宗助さん、これはいったい……」

「山科屋は潰れたんですよ、藤七さん」

「……」

「驚くのも無理はありませんね。藤七さんは、おしちお嬢様が婿をとる前にこの店を辞めていましたから」

「やはり……潰れたのか」

「ええ、皆、婿に入った若旦那升之助さんの仕業でございますよ」

「旦那様はどうなされている」

旦那様とは当時の主で、おしちの父親のことである。

「とんだ若旦那でございましたからね。女に博打にと忙しい人で、旦那様とは争いが絶えず、若旦那が店に入って二年目に亡くなりました。それからは、店は坂を転がるように不景気になりましてね、潰れてしまいました。山科屋の紙屋の株と、屋敷商品いっさいを買い取ったのが相模屋です。相模屋の旦那がここに乗り込んできて、奉公人のほとんどは辞めさせられてしまいましたが、私は運よく残ることができましてね。今ではご覧の通り、番頭の一人として働いております」

藤七は、返す言葉がなかった。

昔の同輩の宗助が、その後の店の復興を、とくとくと語っていたが、そんな話が耳に入る訳がなかった。

「びっくりするのも無理はありません。藤七さんはおしちお嬢様とは恋仲だったって噂だったから、あの時お店を辞めたのも、それが原因じゃないかと、皆で話していたんですよ」

「宗助さん、あんたはその後の、おしちお嬢様の消息を知っているのか」

藤七の胸には、怒りが渦巻いていた。

宗助は山科屋の奉公人だった人である。おしちの消息を知りながら、手を差しのべることができなかったのだろうかという怒りである。

世話になった恩ある主の娘が、羽根をもぎ取られて墜ちていくのを、この男は黙って見ていたのかという怒りが、番頭になったと自慢している宗助に向いた。

しかし一方では、墜ちていった哀れな姿のおしちの現状を、知っているなどと言ってほしくはなかった。

怒りと恐れを抱きながら、藤七はおしちのその後を聞いてみた。

「私が知っているのは、本所のどこかの町に、若旦那の遠縁の者がいるとかいう話でしたから、そっちに行ったんじゃないでしょうか」

「人の話じゃ、女郎になったんじゃないかと……」

「宗助、口を慎め！」

藤七は、拳を握り締めて踵《きびす》を返した。

「……」


夕刻になって煮売り屋の張り込みを藤七と交替するために出かけた若い衆二人のうち、一人がすぐに引き返してきた。

藤七が小屋から姿を消してしまったようだというのである。

「おまさの店に動きがあって、それで尾けていったのではないのか」

藤七の帰りを待って橋屋を引き揚げようと考えていた十四郎は、飛んで帰ってきた若い衆を諫《いさ》めるように言った。

夕刻からの張り込みに二人をやったのは、何か動きがあった時に、一人が素早く橋屋に知らせるという大きな役目があるからである。

「いいえ、女将さんは店にいます」

「ふむ」

「走り書きの伝言か何か、残していませんでしたか」

お登勢が走り出てきて聞いた。

「いいえ。お登勢様が手ずから作ったお弁当も、そのまま小屋にありました」

「何、すると藤七は昼も食べずにどこかに行ったというのか……藤七ともあろう者が……」

十四郎は、呆れ顔でお登勢を見た。

「近くを捜してもいなかったのですね」

お登勢も落ち着かない様子である。

「はい。捜しましたが、見つかりませんでした」

「分かりました。とにかくお前は入江町に戻って下さい」

お登勢は若い衆を、おまさの店の張り込みにもう一度やった。

「十四郎様、どういうことでしょうね、これは……こんなことは一度もありませんでした」

「うむ」

「まさか甚五郎に張り込んでいるのがばれて」

「いや、それならおまさに変化がある筈だ」

「だったらなぜ……」

さすがのお登勢も落ち着かない。

「もう少し待ってみよう。それしかあるまい」

十四郎が言った時、

「御免」

松波が玄関に入ってきた。

「松波様……」

「どうしました。何かあったのですか」

「藤七がいなくなりました」

「何……」

「実は入江町のおまさという人の店に張り込みに行ってもらったのですが、どこかに消えてしまったのです」

「入江町のおまさ……ひょっとして煮売り屋の」

「はい」

「これは……いや、つい昨日のことですが、狐火の甚五郎は、十三年ほど前に丸太新道にあった紙屋『山科屋』若旦那の升之助とつるんでいたという情報が入りましてね。升之助の所在を追っていたところ、入江町の煮売り屋の女将にたどりつきましてな」

「お待ち下さい。丸太新道の山科屋さんというと、藤七がうちに来る前に奉公していた店と聞いていますが」

「まことか」

松波が驚いて聞いた。

「はい。夫から聞いていました。先代の徳兵衛《とくべえ》、つまり亡くなった夫の父親が藤七を雇い入れたということでしたが、山科屋さんを辞めることになったと聞いた藤七を、是非にうちに来てほしいと口説き落としたのだと聞いています」

「すると、あの店の女将おまさは、山科屋の娘だったというのか」

十四郎が驚きの声をあげると、

「塙さん、おまさでなくて、おしちです」

松波が告げた。

「おしち？」

「はい。おしちの筈です。おまさと名乗っているのだとしたら、それはやはり、おしちという名を使うのには抵抗があったのではないかと思われます」

「そうでしたか。いや、前身が山科屋の娘だと聞いて納得がいった。あの女将は、あの辺りにはそぐわない風情がある。そんな感じがしていたのだ」

十四郎は、駆け込み人のおはつの抱える問題を解決するために、煮売り屋を張り、女将から事情を聞き出した経緯を松波に告げた。

「すると、十四郎様……藤七は、おしちさんを知っていた、ということですね」

お登勢が尋ねる。

「そういうことになるな」

「……」

「それに、これは俺の想像だが、藤七はおしちに特別の感情を持っていたのかもしれぬな」

「藤七がですか」

お登勢は驚いて聞き直す。

「そうだ……昔を知っていればこそ、今のおしちを正視するに忍びない、そんな風に感じたのかもしれぬ」

「そういえば、所帯を持っていい筈の藤七が、いつもその話をすると、はぐらかしてしまうのだと、そんな話も聞いたことがあります」

「よし。俺が聞き出してみるか」

「帰ってくるでしょうか」

「帰ってくる。そこまで無責任なことをする男ではない」

十四郎は、きっぱりと言い切った。

六

案の定藤七は、その夜遅くなって帰ってきた。

「申し訳ありません。のっぴきならない用ができまして」

へたな言い訳をして、仏間で帰りを待っていたお登勢と十四郎の前に座った。

ひどく窶れて見えた。何日も放浪していたような、生気《せいき》のない顔をしている。

「藤七、お前、食事は？」

お登勢はいたわるような声で聞いた。

「後で頂きます」

「そうですか、では、先に聞きたいことがあります。お前、どこに行っていました？」

「ですから、昔の知り合いにばったり会いまして、その男が急に腹痛を訴えたものですから」

「藤七、他の人にはともかく、わたくしや十四郎様には、本当のことを話して下さい」

「……」

「それができないのなら、今度のこの仕事、お前は手伝わなくて結構です」

「お登勢様……」

藤七は、お登勢の言葉に怪訝な顔をつくって見せたが、

「煮売り屋の女将は、おまさではなくて、おしちというそうだな」

十四郎の言葉に、絶句した。

「山科屋の跡取り娘、おしち……そうだな」

「……」

「かつての主の娘が零落《れいらく》している姿を見たお前は、さぞかし驚いたに違いない。しかし、だからといって見張りの場所を離れ、こんな刻限までここに戻れなかったのには理由がある筈だ。話してくれぬか」

「……」

藤七は、苦しげな表情で畳を見詰めていたが、やがて静かに口を開いた。

「おっしゃる通りでございます。私もはじめはこの目を疑いました。まさかと思いました。それで、昔奉公していた山科屋の前まで行ったのですが、昔の奉公人仲間に会い、あの人が間違いなく、お嬢様のおしちさんだと知ったのです。いえ、だからあの場所から離れたのではございません。十四郎様のおっしゃる通り、おしちさんとは……」

藤七は言い淀《よど》んだ後、

「おしちさんとは、お互いに慕い合った仲でございました」

「藤七……」

お登勢は、痛々しそうな目で藤七を見た。

藤七は言った。

「十五年も前のことでございますが、私は手代として山科屋に奉公しておりました」

一方、おしちは、山科屋の一人娘として何不自由のない暮らしを送っていた。

おしちは、藤七が奉公に来た頃には、生まれたばかりだった。

二人は十歳以上の開きがあり、おしちが幼い頃は、藤七はよく子守をしたものだった。

背中に負ぶったこともあったし、おしちの使いで走らされたこともある。おしちが大きくなると、よくおしちの供をした。おしちが藤七がいいと名指しするからだった。

おしちにとって藤七は兄のような存在だったに違いないし、藤七も妹のような感覚がどこかにあった。

とにかく可愛らしかった。

だが、いつの頃か、藤七はおしちを一人の娘として好いていることに気がついた。

むろんおしちも藤七を男として慕っていることは、おしちの態度で分かっていたが、それは男と付き合ったこともない、箱入り娘の病気のようなものだろうと思っていた。

とはいえ、そのことが藤七の心を満たしてくれていたことは言うまでもない。

やがて、山科屋の婿が決まった。藤七は愕然《がくぜん》としたが、どうすることもできなかった。

自分にできることは、ただ静かにおしちの幸せを祈ることだと言い聞かせた。

この時ほど身分の違いを恨めしく思ったことはない。

そんな折、紙屋仲間で隅田川に花火を上げる、年に一度の祭りの日がやってきた。この日はどの店も屋根船を幾艘《そう》も隅田川に繰り出して花火を楽しむのである。むろん奉公人も留守番を残して、船に同乗することができた。藤七はしかしこの日、留守番を買って出た。とても花火を楽しむ心境にはなかったからである。

皆が出かけていった店の中で、藤七は帳場で算盤《そろばん》を入れていた。

すると、俄《にわ》かに雨の音がしているのに気づいた。霰《あられ》が落ちてくるほどの大きな音で、まもなく叩きつけるように雨が降ってきた。

通り雨だった。

藤七は、廊下に出て雨戸を閉めて回った。そうしているうちに、雨はぴたりと止んだのである。

ほっとして帳場に戻ると、雨に打たれたおしちが立っていた。

「お嬢様、いったいどうしたのですか。皆さんもお帰りですか」

藤七は怪訝な顔をして聞いた。

「帰ってきたのは、私一人です」

おしちはじっと藤七を見詰めてきた。

「とにかくそれでは風邪を引きます。お召し替え下さいませ」

「藤七、手伝ってくれますか」

おしちは言った。憑かれたような顔をしている。

「私がですか」

どきりとして見返すと、

「そうです。お前に手伝ってほしいのです」

じっと見詰めてくる。

藤七の胸は早鐘《はやがね》のように鳴った。だが、つとめて平静を装って、

「分かりました。お手伝い致します」

立ち上がった。

その時である。

「藤七の馬鹿」

おしちが突然、藤七の胸に飛び込んできたのである。

「お嬢様！……いけません」

「いやいや、私の気持ちを知っているくせに……藤七、お前、今日ここで、私を抱いて下さい」

ひしとしがみついてきたのである。

柔らかい女の肌の感触が、藤七の心臓を貫いた。雷に打たれたような衝撃を受けた。だがそれでも藤七は、

「お許し下さいませ、私にはできません」

おしちを胸から剝ぎとるようにして離し、荒い息を吐きながら床に両手をついた。

「藤七、私はおとっつぁんに好きな人と一緒になりたいと頼んだのですよ。おとっつぁんがいいと言ってくれたら、その時には、お前の名を出して……そのつもりでした。でも、おとっつぁんは許してくれませんでした。お店のためを考えてくれ、今が山科屋の一番大事な時なのだと……私は好きでもない人と一緒になるのです。せめて、その前に、その前に……」

おしちは泣き崩れた。

藤七はそこまで話すと、十四郎とお登勢をゆっくりと見た。

「私はその時誓いました。この人以外に妻はいないと……」

「ふむ……」

「忘れられないのは、その時おしちさんが寒いなどと言うものですから、私が味噌汁をつくりました。自然薯《じねんじょ》をすり入れた味噌汁でした。それを、おしちさんが

美味しい美味しいと椀を両手に挟んで食べてくれたのですが、その光景は忘れたことはありません。そのおしちさんの今の暮らしを見たことで、辛かったのでございます。藤七らしくもない、いい歳をしてとお笑い下さいませ」

藤七は俯いた。

「藤七、誰が笑うものですか。よく話してくれました。でもね、先程も言いましたが、このたびは調べにかかわらないほうがいいでしょうね。それでよろしいですね」

「お登勢様、私は大丈夫です。張り込みを続けます」

藤七は即座に言った。だが、

「藤七、お登勢殿のお前を気遣う気持ちが分からぬか。この事件にかかわれば、お前も辛いし、きっとおしちもそうだろう」

「しかし……」

「案ずるな、任せておけ」

十四郎はことさらに力強く言った。

だが藤七は、その夜のうちに、もう一度入江町に向かっていた。

この仕事から降りるようにお登勢と十四郎に申し渡されたが、やはりじっとしてはいられなかった。

昔の同輩の宗助に、かつての主が辛酸《しんさん》を嘗《な》めるような暮らしをしているのを知りながら、なぜ見て見ぬふりをしているのかと怒りを持ったが、自分こそ逃げているのではないかと思ったのだ。

辛い再会になったとしても、おしちに会うべきだ。会って甚五郎とかかわりのないところで生きられるようにしてやりたい。それは誰でもない自分の役目だと思ったのだ。

「どうだ、変わりはないか」

藤七が小屋の中にするりと入ると、

「何も変化はありません」

二人の若い衆は言った。

前方に見える女郎宿は、まだ明々と灯が灯っていたし、路地には女郎に送られて帰り客が宿を出てくるのが、ちらほらと見えている。まだしばらくこの町は、眠りにつくことはないようだった。

「会ってくる」

藤七はそう言うと、静かに小屋を出た。大通りに出て新道に入る。煮売り屋の前で立ち止まって表の戸に手をかけたが、その手が止まった。中から声が聞こえてきたのだ。

藤七は、すばやく横手の路地から裏に回った。

——奴らは裏から入ったか。

だから若い衆は気づかなかったのだと思った。昼間のうちに一度、藤七は家の周りを調べていた。

おしちが煮売りをやっている家は、昔、出合茶屋をやっていたというだけあって、裏に余裕があった。

小さな庭を挟むように三つほどの部屋が並んでいる。その庭には裏木戸から入ることができた。

そしてその奥に茶の間と台所があって、その並びの土間が表の店になっている筈だった。

藤七は静かに木戸を押して入った。

話し声は、行灯《あんどん》の灯のこぼれる庭に面したひとつの部屋から聞こえていた。

植え込みの陰に身を沈めた時、いきなり、その部屋の障子が開いて、縁先に筋骨逞《たくま》しい男が出てきた。

そのむこう、座敷にはおしちが俯いて座っていた。

——甚五郎か……。

目を凝《こ》らして見ていると、男が横顔をおしちに振り向けて言った。

「いいな。いまさら嫌だとは言わせねえぜ。お前の旦那には、さんざん金を融通してやっている。俺の言う通りにするんだ。今度の仕事は大きい。ドジは踏めねえんだ。なあに、うまくいったあかつきには、しばらくここで暮らすさ。おはつには逃げられたが、まあいいさ。おめえも抱いてやらなくちゃな」

男は卑猥《ひわい》な声を出してくつくつ笑うと、じっと畏《かしこ》まって座っているおしちを尻目に、

「じゃあな。言われた通りにしろ」

凄みのある声を残して、庭に飛び下りた。

木戸まで一気に歩いていったが、用心深く周囲の闇を見渡すと、すいとその体を闇の中に押し出した。

路地を行く遊客の声が、しんとなった庭に聞こえてきた。

「うう……ううう」

おしちが両手で顔を覆って忍び泣くのが聞こえてきた。

藤七は、ゆっくり近づいた。

「おしちお嬢様」

おしちは、はっとして顔を上げた。

「藤七です」

「藤七……」

おしちは驚いた様子だったが、縁先に走り出てきて、

「藤七さん」

戸惑いと懐かしさが入り混じったような声を上げた。

「お幸せでいるものと思っておりました。旦那様に受けたご恩をお返しすることもできず、お力になれずにすみません」

「夢かしら。藤七、夢ではないのですか」

「夢などではございません。実は私は、山科屋からお暇を頂いたあと、深川の橋屋という御用宿に奉公が叶いまして、いまは番頭をつとめております」

「じゃあ、あの塙様とかおっしゃるお武家様と同じ？」

「はい。そうです」

「すると、おはつちゃんのことでこちらに、そうですね」

「はい。おしちさん、今出ていったのが甚五郎ですね」

おしちは、こくんと頷いた。

「教えて下さい。奴は何をおしちさんに強要していったのか」

「藤七さん……」

「あんな奴からは逃げた方がいい。悪いようには致しません」

「でも……」

「何をためらうことがあるのですか」

「でも……そのことで藤七さんの身に何かあったらどうします。藤七さんのおかみさんや子供さんにまで万が一のことがあったら、申し訳がたちません」

「私は所帯を持ってはいません」

「えっ……」

おしちは驚いて見返した。

「私の妻は、おしちさん、ずっとあなただと思ってきました」

藤七は、じっと見詰めた。

「藤七さん……」

おしちが、藤七の胸に飛び込んできた。

「苦労されたんですね、おしちさん」

藤七は、おしちをしっかりと抱きとめた。

昔に比べれば少し骨張ったように思えたが、その温《ぬく》もりは同じだった。

若い時には驚くほどしなやかな体を藤七に投げ出してきたおしちだったが、今日のおしちはしなやかさとは別の、歳月の重みを藤七の胸にあずけている。

――しかし、この人の肌はまるで透き通るように白い……。

藤七は、長い間押し込めていた、おしちの熱い肌を思い出した。

昔の話を十四郎とお登勢に語った時、藤七は語り残したことがあった。それは、あの誰もいない山科屋のおしちの部屋で、激しく抱き合ったことである。

そのことだけは、死んでも誰にも言えない二人だけの秘密だったのだ。

――ああ、あの時のままだ……。

藤七は、強く一度抱き締めたが、おしちの体を静かに離して、

「さあ、おしちさん、教えて下さい。奴はなんと言ったんですか」

厳しい顔でおしちを見た。

おしちの濡れた瞳がまっすぐ藤七を見返した。

七

おしちが藤七に告げた三日目の夜半、白い煙は隅田川沿いの黒船町《くろふねちょう》あたりに上がった。

狐火の甚五郎一味の火付け盗賊の合図に違いなかった。

両国橋の上から隅田川沿いを見張っていた藤七は、

「松波様に、火の手は浅草御蔵《あさくさおくら》の北方に上がったと伝えなさい」

と言い、傍にいた若い衆を、急いで松波のもとに走らせた。

先日おしちから聞いた話では、この夜、甚五郎は隅田川沿いの商家を襲い、舟でおしちの家に逃げ込んでくるということだった。

ただし、おしちは、どこの商家を襲うのかは知らされてはいなかった。

藤七はすぐに橋屋に戻って、十四郎とお登勢と、それに金五と松波を加えて、今夜に備えて周到な甚五郎捕縛計画を練っている。

まず、隅田川沿いの見張りに藤七と若い衆が立ち、十四郎たちはおしちが住む入江町の前を流れる横川《よこがわ》で賊を待ち受けることにした。

入江町の南方に位置する北辻橋《きたつじのはし》辺りには、松波が同心数人をひきつれて待機し、入江町の北方に位置する北中之橋《きたなかのはし》には金五が待機した。

これだと甚五郎は舟で入江町には入れない。

火の手がどこに上がるかで、甚五郎の舟の航路が決まる訳だが、いずれにしても一歩も入江町には入れない計画だった。

藤七は、若い衆が立ち去ると、自身は橋の上に残った。藤七にはまだ役目が残っていた。

甚五郎たちが盗みを終えて引き揚げてくる時に、両国橋の下を通って竪川《たてかわ》に入るかどうか見届けるためである。

竪川に入れば、松波たちが待機している場所が捕縛の場所となる。

だが、両国橋を通らなかった場合は、吾妻《あづま》橋の北から源森川《げんもりがわ》に入り横川を下って本所入江町に入ろうとするため、十四郎たちが待機している橋を通ることになるのである。

——今日でおしちの苦しみも終わるし、おはつの懸念も消える。

藤七は、息を殺して甚五郎の舟を待った。

すると、まもなく、橋の下を抜けていく舟を見た。

月は半月で人を見分けるには光は弱く、装束までは橋の上からは判明できなかった。だが、黒い影が三つ、舟に乗っているのは分かった。

ゆっくりと舟は竪川に入った。

藤七は急いで裏通りを小走りして、北辻橋に向かった。

橋の袂で「御用」の提灯《ちょうちん》が激しく揺れていた。

河岸に降りると、二人の男が縛られて引き据えられていた。

「松波様」

駆け寄ると、

「おお、藤七か。この通り二人は捕まえたが、甚五郎は逃げた」

「どちらに逃げましたか」

「川の中に飛び込んだのだ。この明るさでは、どちらに泳いでいったのか……」

藤七は踵を返すと、入江町に走った。

新道に入るところで十四郎が走ってくるのが見えた。

「捕まえたか」

十四郎が走り寄ってきて聞いた。

「二人は捕まえたようですが、甚五郎が逃げました。もしやと思って走ってきたのですが」

「いかん」

二人はおしちの家に飛び込んだ。

茶の間に入って二人は一瞬立ち尽くした。

匕首《あいくち》を握った甚五郎が立っていて、その前におしちが倒れていた。

「おしちさん」

藤七が叫んだが、おしちはぴくともしなかった。

「やはりこの女、お前たちに通じていたんだな。裏切り者だ。だから殺した」

「貴様……」

十四郎がずいと出た。

「こうなったら破れかぶれだ」

甚五郎は、両手で匕首を握り締めると、十四郎目がけて突いてきた。

十四郎はこれを躱《かわ》すと同時に手刀を打ったが、甚五郎の腕を掠《かす》めただけで、すぐに次の一撃を受けた。

今度は匕首は横から薙《な》ぐように走ってきた。

十四郎は、刀の柄《つか》を持ち上げると、匕首を鍔《つば》で止め、右手の拳を甚五郎の鳩尾《みぞおち》に埋めた。

「うっ」

短い声を発して甚五郎はどたりと落ちた。

「塙さん……」

同心一人と岡っ引一人を連れた松波が入ってきた。

「おしちさん」

藤七が駆け寄っておしちを抱き上げた。

「息があります」

藤七が叫ぶように言い、歩み寄った十四郎に顔を上げた。

「柳庵《りゅうあん》先生を呼んできてくれ」

松波が岡っ引に急げと厳しい顔で促すと、岡っ引は飛ぶようにして出ていった。


「十四郎様……」

翌早朝、障子に陽の光が射してきた頃だった。おしちが眠っている部屋から出てきた柳庵は、厳しい顔をして十四郎とお登勢の前に座った。

「傷は心《しん》の臓《ぞう》を外れていましたが、出血が多すぎました。それに、あの人は治らぬ病を抱えていたようです。腹に瘤《こぶ》があります。傷を負わなくても、長い命ではなかったようですね」

小さな声で告げた。

「もはや助かる術《すべ》はないと……」

十四郎が聞いた。

「ずいぶんと消耗していますからね。もともと体力が落ちていた上でのことですから……そうですね、今日一日持つか持たないか」

「何……」

「十四郎様、藤七はどこに行ったんでしょうね。夜が明けてきた頃にふらっといなくなってしまって……柳庵先生、藤七はおしちさんの容体は知っているのですね」

「ええ、私、昨夜《ゆうべ》伝えました。そしたら、しばらくじっと考えていたようなのですが……」

「どこへ行ったのだ……よし、捜してみよう」

十四郎は外に出て近隣を捜してみたが、藤七はいなかった。

おはつも見舞いに訪れたが、耳元でそっと呼びかけても、おしちは眠り続けていた。

藤七が帰ってきたのは、昼の八ツ（午後二時）頃だった。

「どこに行っていたのだ」

十四郎が咎《とが》めるように言うと、

「すみません、あちらこちらを回りまして、自然薯を探しておりました」

「自然薯を……」

「はい。柳庵先生から何か口に入れてやりたいものがあれば、あげて下さいと言われまして……昔美味しいと言って食べてくれた味噌汁でも作ってあげようかと」

藤七は告げると、急いで台所に立った。

しばらくすると、味噌汁の香りが十四郎やお登勢のいる部屋まで匂ってきた。

「藤七さん……」

おしちがその匂いに誘われてか、うっすらと目を開けた。

「藤七さん」

おしちは宙に藤七を捜している。

「おしちさん、今こちらに……」

お登勢が耳元で声を上げているところに、藤七が味噌汁を入れた椀を両手に挟んで運んできた。

お登勢はそれを見て、

「十四郎様……」

目顔で十四郎を促した。

二人は隣室に遠慮して、遠くからおしちを見守るように、そこに着座した。

「おしちさん、味噌汁、作ってみました。食べてくれますか」

藤七がにこにこしておしちの顔を覗いて告げると、おしちの顔に笑みが浮かんだ。

抜け落ちていく気力をかき集めるような笑みだった。

「さあ、喉に詰まらせてはいけませんから」

藤七は運んできた味噌汁の椀を一度傍に置くと、背中から抱き抱えるようにして、おしちを起こした。

「さあ、おしちさん……」

藤七が木匙《きさじ》で少し掬《すく》って、おしちの口元に運んだ。

おしちは飲み込んだが、むせた。

「大丈夫ですか」

藤七はあわてておしちの背をさすりながら、おしちの耳元に囁いた。

おしちはこくんと頷くと、涙で潤んだ瞳で藤七を見上げ、甘えるようにもうひと匙というような顔をした。

「ゆっくり飲み込んで……」

藤七は頷くと、もう一度おしちの口に流し込んだ。

「美味しい……藤七さん、美味しい……」

おしちは、ありったけの力をこめて発すると、まもなく全身が急速に萎《な》えた。

「おしち……すまなかった」

藤七は震える声でおしちに語りかけた。涙声だった。

お登勢も貰い泣きして袖で目頭を押さえると、その目を十四郎に向けてきた。

「……」

十四郎はいたわるような目で、お登勢を見返した。

第二話　菊形見

一

「お気をつけて、いってらっしゃいませ」

お民はにこにこして、出かけていく大坂の塩問屋の隠居夫婦を見送った。

老夫婦を案内していくのは、若い衆の鶴吉《つるきち》である。二人はこれから向島《むこうじま》の百花園を訪れて秋の花を楽しんだあと、寺や神社を巡り、夕刻には佐賀町にある三ツ屋で会席料理を食べ、そののち橘屋に戻ってくるという。

ご亭主が隠居したのを機に、江戸見物にやってきたというのだが、お民にとっては特別のお客のように思われる。

昨夕のこと。老婦人が足に肉刺《まめ》をつくって痛いのだと聞き、お民はすぐに手当てをし、ふくらはぎから腰に向かってしばらくもんであげたのである。

老婦人は喜んで、気持ちが良い、なんて親切な女中さんやろ、あんさんをお嫁にする男はんは幸せですな、などと褒めてくれたのである。

大店のご隠居さんがそんなふうに思ってくれる私って、まんざらでもないのだと、お民はそれが嬉しくて、老婦人が厠《かわや》に行くと知れば手をとるようにして付き添い、頃合を見てこぶ茶を運んだ。

普段よりも髪の乱れに気をくばり、うっすらと化粧もした。

「おかしなお民ちゃん。なんだよ、急に紅なんかさしてさ。変な感じ」

遠慮のない万吉《まんきち》は、くすくす笑って憎まれ口をきいた。

——万吉なんて、何も知らないんだから……私がどんなふうに見える女か。

お民は、ふふっと肩をすくめて笑うと、帯に挟んでいた手鏡を取り出して、ぷりぷりした艶の良い顔を眺めた。

——鼻は低いけど、この優しい目と、可愛らしい唇がいいのね。万吉などびっくりするようなひとが、いまに私をお嫁にほしいと言ってくるから、みていなさい……。

自画自賛して、鏡を帯に戻した時、

「万吉いるかい？」

ひょろりと背の高い少年が近づいてきた。

「万吉？」

お民はびっくりして、少年の姿を上から下までじろりと見渡した。

粗末な衣服を着ている。履いている草履も古く、鼻緒は片方が藁縄《わらなわ》だった。

「万吉ちゃんの友達？……見たことない顔だけど」

訝《いぶか》しい顔で聞いた。

「万吉は忘れたかもしれねえが、おいらにとって万吉は、たった一人の友達さ」

妙なことを言う。

「ふーん」

お民は、もう一度少年の全身を眺め回して、

「でも残念ね。万吉ちゃんはお使いに行ったところだから、あと半刻《はんとき》（一時間）は戻らないわよ」

「そうか、お使いか……」

少年はがっくりと肩を落とすと、

「また来るよ」

踵《きびす》を返した。

「変な子……」

お民は、玄関から出てきた十四郎に笑みを送ると、小首をかしげて勝手口に引き返していった。

十四郎は足を早めて、少年に追いついた。

「万吉に会えずに残念だったな」

少年は、ふいに後ろから声をかけられて、びっくりした顔をして振り向いて止まった。

眉も鼻も大人の顔をのぞかせてはいるが、まんまるい瞳は紛れもなくまだ子供のもので、万吉と共通している少年のあどけなさが窺える。

——やはり、どこかでこの顔を見たことがあるな。

十四郎は思いをめぐらしながら少年の顔を見た。

「おじさんは橘屋の人かい？」

「そうだが、お前、どこかで会ったかな。万吉とは古いつきあいか」

「いっぺんしか会ったことはねえ」

「何、いっぺん……」

「おいら師走《しわす》になると、厄払いでこの辺りをまわってんだ。それが縁であいつとはな。万吉の方からおいらに話しかけてきたんだぜ」

「そうか、分かったぞ」

十四郎の記憶は、その言葉ではっきりとしてきた。

去年の暮れ、門口のところで厄払いの身なりをした少年が、万吉と話をしているのを、十四郎は見ていたのだ。

なんとなく頭に残っていたのは、二人の少年を包んでいた濃密な空気のせいだった。二人の少年が何を語り合っていたのか知らないが、なぜか二人の様子には心に沁みるものがあった。

「あの時の厄払いか。おひねりを渡せなかったとか言って、万吉は残念がっていたぞ」

「へん。あいつ、おいらに得意げに難しいことを言ったんだ。聞けば歳はおんなじだっていうのによ。いちごがどうしたとか言ってよ」

一期一会《いちごいちえ》のことだろうと十四郎は思った。

あの頃万吉は、お登勢から一期一会という言葉を教えてもらって、習い覚えたその言葉を、自慢そうに誰彼なく披露していたのである。

「おいらその時、ちょっぴり悔しくなって退散したんだ。おいらの知らないことを知ってると思うと、馬鹿にされたような気がしてな」

「……………」

――惹かれあう気持ちとは別に、この少年は男の意地で、おひねりを貰わなかったのか――。

十四郎が口元に笑みを浮かべると、

「だけどよ、後で考えるとあいつはいい奴だ。おいらのたった一人の友達だって思ったのさ」

少年はさびしそうな顔をして、歩き出した。

「おいおい、ちょっと待て」

十四郎は一緒に並んで歩きながら、

「で、何の用だったのだ？　明日にでも万吉に俺のほうから伝えておくぞ。お前が来たことをな」

「ほんとうかい、おじさん。おいら、あいつに相談ごとがあって来たんだ」

少年は、ぱっと明るい顔をして十四郎を見た。

「そういうことなら万吉をお前の所に連れていってやってもいいぞ。そうだ、まだ名前を聞いてなかったな」

「おいら、風太郎《ふうたろう》というんだ」

「風太郎か、いい名だ。俺は十四郎という」

十四郎は、嬉々として頷く風太郎に言った。

風太郎をもじって、どうしようもない遊び人を世間では『ぷうたろう』などと揶揄《やゆ》して呼ぶ。けっしていい名などというものではないが、風太郎は胸を張った。

そんな大人の世界の呼び名など、この少年には関係ない。暮れになると町の辻から辻へと駆け抜けて、家々の戸口に立つ少年は、それはそれで風太郎の名にふさわしい。

「恩に着るぜ」

風太郎は、大人のような活きの良い言葉を残して、元気良く帰っていった。

十四郎は、翌日橘屋に赴《おもむ》くや、風呂場の焚き口に薪を抱えて運んでいた万吉に風太郎の来訪を告げてやった。

万吉は目も飛び出さんばかりにびっくりした顔をつくって、

「風太郎が……十四郎様、本当にあいつがここに来たんですか」

目を輝かせて聞いてきた。

「所も聞いてある。お前に相談ごとがあるそうだ。お登勢殿に許しをもらってこい。俺が連れていってやる」

万吉は最後まで聞かずに、

「お登勢様！」

台所口に飛び込んだ。

「お前はまあ、埃《ほこり》だらけで、駄目じゃないの」

お登勢が前垂れで手を拭きながら出てくると、

「風太郎が来たんだ。おいらに相談があるっていうんだ」

息もつかずに言ったのである。

お登勢は、仲居や女中たちと一緒にしぶ柿の皮を剝いていた。

むろんお民もいて、ぎゅっと万吉を睨《にら》んでいる。

「風太郎って誰のことです？」

お登勢は怪訝《けげん》な顔で聞いた。

「いや、お登勢殿、こういう訳らしいのだ」

横から十四郎が助け船を出した。掻い摘んで風太郎について話すと、

「お前、薪運びは済んだのですか」

お登勢は聞いた。奉公人の中で子供は万吉ひとりである。だが、だからといってけじめをつけさせなければ万吉のためにならない。お登勢はそう思っているのである。

「もうすぐ終わります」

大きな声で言った。

「薪運びだけじゃないでしょ。お風呂のおくどの灰を掻き出して掃除しなさいって言ってあるでしょ」

奥からお民の声が飛んできた。

お民は万吉の躾け役だから特に厳しい。おまけに昨日、白粉《おしろい》をつけ紅をひいた姿を、お民ちゃんは今日は変な感じだとかなんとか言われて、かちんときていたお民である。

風太郎のことも、さして気にも留めずに忘れていた。

子供とはいえ万吉は、すぐにお登勢や十四郎に甘えるから、一人前の奉公人に育て上げるのは大変だと常々思っているお民である。ついロ調も厳しくなる。

万吉は、しゅんとなった。

「それにしても、お前も人から頼られるようになったのですね」

お登勢は溜め息を吐いて、しょうがないわね、許してあげるから行ってらっしゃい。そのかわり、話がすんだらすぐに戻ってくるんですよ、と念を押した。

万吉は、飛ぶように風呂の焚き口に戻ると、小走りして薪を運び、

「十四郎様、終わりました」

汗を拭き拭き、藤七と帳場で話をしていた十四郎のところに飛んできた。

「よし、行くか」

十四郎は、せっつくような目で立っている万吉に頷いた。

二

風太郎が親方と住んでいるのは、親父《おやじ》橋の東袂の堀江《ほりえ》六軒町《ろつけんちよう》の裏店《うらだな》だった。

古い長屋で路地に踏み込んだ途端、板壁から微かだが腐臭が鼻の先を過ぎた。

風太郎から聞いていた家は木戸を入って三軒目、その家は戸が開いていた。

「こちらは長次《ちようじ》親方の家かな」

十四郎が、おとないを入れながら中を覗くと、赤い顔をした親父が幅の広いま

な板の前に座ってもぐさを刻んでいたが、手をとめて顔を上げた。

「そうですが、何のご用でございますか」

目を細めて聞いてきた。眉の濃い、団子鼻の男である。

「風太郎に会いにきたのだが、留守か」

家の中をざっと見渡すが、殺風景な赤茶けた畳が見えるだけで、男所帯の侘しさが見てとれた。

「あいつが何かやらかしましたんで」

長次は不安な顔をして聞いてきた。

「いや、そうではない。風太郎が会いたがっていた万吉を連れてきたのだ」

十四郎が手短に、風太郎に出会った時の話をすると、

「おいらと、風太郎は友達なんだ」

万吉は十四郎の話が終わるのを待って長次に告げた。

「そうかい、そりゃあ悪かったな。風太郎に友達がいたとは初めて聞いたが、出来上がった切《きり》もぐさをちょいと届けに行ったんだ。まもなく帰ってくるからよ、仲良くしてやってくれ」

長次は、にこにこして万吉に言うと、その顔を十四郎に向け、

「旦那、汚ねえところですが、どうぞお掛けになって下さいやし」

上がり框《かまち》を十四郎に勧め、

「あいつもあっしに拾われたばっかりに、年中忙しく働いて、それも上方に行ったり、この江戸に戻ったりと、落ち着きのねえ暮らしで、読み書き一つ教えてやれずに不憫《ふびん》な奴でございますよ。しかし、そうですかい」

長次はまじまじと万吉の顔を見ると、

「去年の暮れに、見たこともねえ嬉しそうな顔をして帰ってきたことがありやしたが、万吉、おめえと友達になれて、あいつ、よっぽど嬉しかったんだな」

長次は嬉しそうに笑った。豪傑風の目鼻だちの割には人のよさそうな男だった。なにしろ手に職がないから、季寄せの仕事の合間に、時にはこうして大店の奉公人たちが使うもぐさ切りをするのだと長次は言い、

「あっしはもう無理だが、あいつには手に職をつけさせてやりてえ、そう考えているんでございやすよ。手に職をつけて所帯も持って、ガキの一人もつくって、そういう暮らしをね、あいつにはさせてやりてえ、そう思っておりやす」

長次は、もぐさ切りに手を戻した。

言い訳のようにも聞こえるが、しみじみと言うその言葉に嘘はないように思え

る。

十四郎と万吉は、単調だが、ぐっ、ぐっと力を入れてもぐさを切る長次の手元を黙って眺めながら、四半刻《しはんとき》（三十分）ほどそこで待った。

「来てくれたのか、万吉」

突然、表で嬉しそうな声がしたと思ったら、折り畳んだ空《から》の風呂敷を抱えた風太郎が立っていた。

「風太郎」

万吉もにこりとして立ち上がると、

「相談ごとってなんだい」

「ここじゃあまずい。ちょっと来てくれ」

風太郎は、万吉の袖を引っ張った。

「おい。遠くに行くんじゃないぞ」

十四郎が万吉の背に呼びかけると、

「旦那、すぐそこの神社に行ったんです。あっしにはあいつが何を頼もうとしているのか、分かってまさ」

長次は、くっくっと笑うと、

「犬です。野良犬をそこの神社の縁の下で飼っていたんですが、数日前に神主に見つかったんでございやすよ。十日は待ってやる。その間にどこかに移してくれと言われた風太郎は、この家に連れてきて飼い犬にしてほしいと言ったんですが、あっしが叱ったもんですからね。二人が食ってくのがやっとなのに、犬に食わせる餌などねえってね」

可哀相だが生半可な同情で犬を飼ってはならねえと許さなかったが、その犬のことに違いないと長次は言った。

「それで……万吉、お前は安請け合いしてきたってわけですね」

お登勢は、台所の板の間に正座して頭を下げた万吉に、厳しい口調で聞いた。

台所は八ツを過ぎたばかりで閑散としていた。

お民ともう一人の女中が、清次《せいじ》という板前の指示を受けて、戸棚にある皿や椀を点検しながら取り出していた。

十四郎は、台所の隣にある茶の間で茶を喫しながら、お登勢と万吉の様子を見ていた。

万吉は風太郎から犬の飼育を相談されて、おいらに任せてくれなどと言い、俠気を出して、自分を頼ってきてくれた風太郎を助けてやりたいと思ったらしいが、ことはそううまく運ぶ筈がない。

そんなことは話を聞いた時から十四郎には分かっていたが、そういった小さな問題に、ひとつひとつぶちあたっていくのも万吉の勉強だと、

「お登勢殿がどう言うか、頼んでみることだな」

頭ごなしに注意を与えることはしなかった。

「だけど、お登勢様」

万吉が顔をあげて、

「あいつが頼るところは、ここしかないんです。おいらもあいつも孤児《みなしご》だ。捨てられていたんだ。その犬も野良犬なんだ」

唇を噛んで訴えた。

「駄目です」

お登勢は言下に言い、

「考えてもみなさい。ごん太《た》をこの宿で飼う時も、客商売のこの宿ではと、ずいぶんと考えました。餌のこと、世話のこと、鳴き声や悪さなど近隣への迷惑のことを考えると二の足を踏みました。ただ、ごん太はこの橘屋が携わった事件で孤

児となった犬でした。ですから条件付きで飼うことを許したのですが、今度はなりません。すぐに断ってきなさい。いいですね」

厳しい顔で念を押すと立ち上がった。

「お登勢様……」

万吉は心細い声をあげると、お登勢が忙しそうに台所を出ていくのを見送ったが、

「これじゃあ風太郎に顔向けできねえよ」

苛立った声で呟いて、台所を飛び出した。

いままで聞いたこともない万吉の反抗的なもの言いに、その場にいた者は顔を見合わせた。

「待ちなさいよ！」

抱えていた皿を下に置いて、お民は膝を立てた。

「お民、ほうっておけ」

幼いころには誰にでもあることだと、十四郎が立ち上がった時、

「十四郎様、こちらでしたか。お願いします」

藤七が神妙な顔をしてやってきた。

「駆け込みか」

藤七のあとを追いながら、小声で十四郎が聞いた。

「はい」

藤七は、帳場の裏の小部屋でお待ちですと言った。

部屋に入ると待っていたのは、六十近い老人だった。しかも女ではなく男である。

「梶平《かじへい》と申します。目の黒いうちにと決心してご相談に参りました」

梶平は、きちんと膝小僧を揃えて座ると、手をついた。行儀のよさやその言葉から、武家に仕えたことのある者かと感じられた。

「まさかお前が駆け込むつもりではあるまいな」

「いえ、ご新造様のことでございます。知世《ちせ》様と申しまして三年前までは御家人久米《くめ》総一郎《そういちろう》様のご新造様でございました。それが今は人の目を憚《はばか》る暮らしをしておられまして、もう見て見ぬふりは辛うございますので、こうして老骨に鞭打って参りました」

梶平は、窪《くぼ》んだ目の奥から、暗い瞳で十四郎を見た。

「人の目を憚る暮らしとは、誰かの愛妾《あいしょう》にでもなったのか」

「口にするのも忌々《いまいま》しいのですが、世にいう囲い者、でございます」

「何か深い訳があるようだな」

「はい……私は三年前まで久米様の屋敷で下男として奉公しておりましたが、御家断絶となりました折に、おいとまを頂いております。目黒《めぐろ》で兄一家が野菜や花をつくっておりまして、それを手伝っておりました」

だが梶平は、浪人となった久米総一郎が、神田《かんだ》の長屋でご新造の知世と一粒種の五歳になる舞《まい》と住むようになったと知ると、時々野菜や花を届けていた。

知世は花が好きだった。

屋敷に住んでいた頃には、梶平に手伝わせて、裏庭では野菜づくりを、そして表の庭ではさまざまな花を育てていた。

特に菊の花は大好きで、愛《め》でるだけでなく、酒に浮かべたり、膾《なます》や天ぷらにして頂いたり、はたまた菊枕にしたりと、菊の花壇は年々広げていたほどである。

梶平が、久米総一郎が浪人になって初めて迎えた秋の頃、野菜と早咲きの菊の花を届けに長屋に赴くと、表の路地に置いた小さな鉢の中に、数種類の菊の茎が慎《つつ》ましく立ち上がっているのを見た。蕾《つぼみ》もついていた。

梶平は胸を詰まらせた。まさにそれは、昔の屋敷の庭に植えていた菊の花だったからである。

──ご新造様……。

大根を背負い、手折《たお》ってきた菊の花を手に持ったまま、梶平が鉢の前にしゃがみ、懸命に葉を広げはじめている菊を眺めていると、家の中から知世が出てきて、梶平の手にある菊を見て嬉しそうな声を上げた。

「嬉しい……ありがとう、梶平。昔はどの部屋にも菊を活けて、香りにつつまれて暮らしておりましたのに、今年は引っ越しの折に持ち出してきたこの花がすべてです。ありがとう」

よほど嬉しかったのか、知世は二度もありがとうと言った。

「ご新造様……」

梶平は、じわりと押し寄せてくる無念の涙を、急いで呑み込んでいた。

そうした暮らしが二年ほど過ぎた頃、今から一年前のことなのだが、突然久米総一郎が急死したと梶平は聞いた。

「私はご新造様の知世様とお嬢様のご様子を窺いに、裏店に走りました。なんでも、旦那様は請け負った用心棒の仕事中に亡くなったということでしたが、ご新造様の知世様はまだ幼い舞お嬢様を抱えて途方にくれておりました。舞お嬢様は生まれつきお体が弱かった。お医者の手を離れることは、それまでにもなかったのです……」

梶平は、どうすればお役に立てるものかと頭を悩ませた。だが梶平の考えを述べるまもなく、

「私たち親子は、お世話下さる方がおりますので、お前は心配しないように」

と告げられたのである。

梶平は亡くなった主の心中を思うと釈然としなかったが、なにもかもお嬢様の先行きを考えてのことに違いないと思い直し、

――母子が幸せならそれでいい。

自分に、そう言い聞かせていたのである。

住まいも六間堀《ろっけんぼり》の仕舞屋《しもたや》に移り、梶平はしばらく訪ねるのを止めた。亡くなった久米総一郎のことを思えば、新しい暮らしを見るのは辛かった。

ところが三月も経たぬうちに、舞が死んだと聞いて、ひさしぶりに知世を訪ねた。

「みんな、いなくなってしまいました」

知世は呆然として座っていた。梶平はまた、野菜を運ぶようになっていた。

「そして……」

梶平はそこでいったん、言葉を切った。不快な感情が梶平の表情に流れていた。

梶平は、吐き捨てるように言った。

「知世様は、言葉にするのも疎《うと》ましいほどの扱いを受けていたのを知ったのでございます」

男は月に二度ほど虚無僧《こむそう》姿でやってきて泊まっていく。漂泊の旅に明け暮れる本物の虚無僧というわけではないらしく、それは男の趣味だと分かった。

しかも男は好色家らしく、顔を背ける知世の顔をむりやり向けて、枕絵などを見せたりするのだ。

知世が頑として逆らおうとすると、容赦なく頬を張った。

声も立てずに歯を食いしばって打たれている知世の姿を、梶平は何度か見ている。

常軌を逸した男の執着、しかも酷薄で容赦のない振る舞いに、なぜ逃げ出さないのかと梶平は知世を促した。

だが知世は、これがわたくしの運命だと言い、それ以上梶平が踏み込むことを許さないのであった。

「旦那様は……久米総一郎様のことでございますが、ご新造様の知世様のことを案じてお亡くなりになったに違いありません。なんとかお助けできないものかと……それでこちらをお訪ねした次第でございます」

「ふむ。おおよそのことは分かったが、知世殿のところに通ってくる男の名はなんという」

「早瀬《はやせ》玄之丞《げんのじょう》様とおっしゃるご浪人でございました」

「ほう……相手は浪人とな」

「はい」

十四郎は驚いていた。自分も浪人だが、女を囲う金など逆立ちしても手に入らぬ。浪人とはたいがいそういうもので、糊口《ここう》を凌《しの》ぐのがやっとというのが相場である。

「お気持ちはお察し致しますが、しかしそれだけでは……」

じっと話を聞いていたお登勢が静かに口を開いた。

「梶平さん。確かにこの世の中には、悪縁を絶ちたいと願いながら果たせずにいる女子は星の数ほどもいるでしょう。でも、その人たちのすべてに、この橘屋が手を貸すなどというのは無理な話です。橋屋は、二進も三進もいかなくなって、自分で、この橋屋に駆け込んできた人をお助けするところです。せめてご本人の意思で駆け込みを望んでおられるのならともかく、勝手にこちらの推量で動く訳には参りません。お力になれなくて申し訳ありませんが、どうぞお引き取り下さいませ」

「そうですか。受けてはいただけませんか」

梶平は呟いた。ひどく消沈したのか、老いた体を引きずるようにして、とぼとぼと帰っていった。

「橋屋のお登勢は、血も涙もない女だって、言われてしまいそうですね」

お登勢は、梶平が帰っていくと、ぽつりと言った。

近年は、他の寺や神社や、はたまた大名屋敷にまで駆け込む者たちが増え、お上が、事情も確かめずに安易に受け入れぬようにというお触れを出したところであった。

そのお触れには、駆け込みにもいろいろあるが、特に離縁の駆け込みについては、御府内近辺は慶光寺に限るとあった。

それだけ、駆け込みを受け入れるということは、重いものだということなのだ。

だからこそ橘屋は、本人の意思の確認もないままに、もと下男の申し出だけで、駆け込みの話を受け入れることなどできなかったのである。

「いや、梶平は分かっている筈だ、そんなことはな。お登勢殿が気に病むことはない」

十四郎は慰めてはみたものの、やはり梶平の消沈ぶりが気になっていた。

三

「やっぱり駄目だったのか」

風太郎は、もぐさを小袋に詰めていた手を止めると、がっくりと肩を落とした。

親方の長次は出かけていて、風太郎は一人で留守番をしていたのだ。

「すまねえ、任せてくれなんて大きなこと言って。おいら、謝る」

万吉は、頭を下げた。

「いいってことよ。気にするな」

「だって。おいらのこと、もう嫌いになったんじゃねえのか」

万吉は、風太郎の傍に寄って、顔を覗くようにして言った。

「なんで嫌いになるんだよ。おいらも、万吉、おめえも親に捨てられた人間だ。これからも、どんなことがあっても、友達でいようぜ」

風太郎は、きらきらした目で万吉を見た。

「本当か」

万吉も熱い目をして見返した。

万吉にはなぜだか分からないが、風太郎を見ていると、まるで自分を見ているようで、胸がじんとしてくるのである。

風太郎もそれを感じていたのか、万吉の手をとると、

「おいらはお前のこと、友達以上に思ってる。兄弟のように思ってるんだ」

ぐいと手に力を入れて握った。

「おいらもだ」

万吉も握り返した。すると、

「二人とも今年で十二歳だってことは分かっているけど、春に生まれたのか秋に生まれたのか分からねえ。だから、どっちが兄か弟か分からねえ。だからよ、双子だな」

「よし、誓うか?……風太郎、兄弟の誓いだ」

万吉は、きっと見詰めた。

「よし、誓う」

風太郎が頷くと、

「じゃ、神文《しんもん》に血判《けつぱん》だ」

「なんだよ、それ」

「知らねえのか、赤穂《あこう》浪士たちが誓いの文《ふみ》に血判を押したのを……いいから、その小袋にしている紙を二枚と、筆と、縫い針を持ってきてくれ」

万吉は大人びた口調で風太郎に言った。

風太郎が言われた通りに紙と筆と針を持ってきて万吉の前に置くと、万吉は二枚の紙にそれぞれ『風太郎　万吉』と並べて書いた。

そして、針で親指の先を刺して血をしぼり出すと、万吉はまず自分の名の下に拇印《ぼいん》を押して見せた。

「こうするんだ。こっちがお前の名で、風太郎と書いてあるんだ。だからお前は、ここに拇印を押すんだ」

「よし。分かった」

風太郎は畏《かしこ》まった顔で頷くと、万吉の言う通りに、自分の名の下に拇印を押した。

「いいか。一枚はおいらが持ってる。そしてこっちの一枚はお前の分だ。兄弟の証《あかし》だから失くしちゃ駄目だ」

万吉は、もう一枚の紙を風太郎の手に渡した。

二人は互いにしっかりと手を取り合うと、

「風太郎……」

「万吉……」

お互いの目をじっと見た。

兄弟ができるなんて、こんなに嬉しいことはなかった。

二人は笑い転げた。嬉しくて涙が出た。

ひとしきり笑いあったのち、二人はそれぞれ、首にかけているお守りに紙を畳んで大事にしまった。

「さっそくだが万吉、これからつきあってくれるか」

「いいとも」

万吉は、力強く言った。

お使いの帰りに寄り道をしてここに来ていた。これ以上帰りが遅くなれば、お民に大目玉をくらうに違いない。チラとそんなことを考えたが、兄弟のためだ、かまうものかと万吉は思った。

お登勢への反抗心もあった。それは、万吉の心に初めて芽生えた感情だった。いや、近頃万吉は、自身に腹をたてることがあった。

なぜ自分が捨て子なのか、それほど母に嫌われていたのかと思うと、自分はこの世にいなくてもいい人間なんだと寂しくなることがあった。

お登勢やお民、十四郎や藤七によくしてもらっているのは、子供心にも分かっていたが、自分の体の中には芯の棒がないと感じていた。

でも今は違った。万吉は風太郎と互いの芯の棒になろうと誓ったのである。

二人は近くの神社に走り込むと、箱の中で飼っていた子犬を抱えて神社の外に走り出た。

走りながら万吉は聞いた。

「どこに連れていくんだ」

「おいらのお得意様に知世様というお方がいるんだ。あのお方ならきっとこの子を育ててくれる」

風太郎は確信を持っていた。

それには訳があったのである。

ひと月前のことだった。

風太郎は鈴虫を売って歩いていた。

いつもより遠出して、六間堀の仕舞屋の裏通りを歩いていた時だった。

目の先にある一軒の家の裏口から、風呂敷を担いだ男が、あたりを注意深く窺いながら出てきたのを見た。

——泥棒だ。

風太郎は、咄嗟《とっさ》に思った。

「泥棒……泥棒だ」

風太郎は叫びながら、その男の腰に飛びついた。

だが、風太郎は背は高いがしょせん子供である。大人の力に負けて引きずられた。それでも風太郎はけっして手を放さなかった。

手当たりしだいに泥棒から頭や背中を殴られたが、風太郎は大声をあげながら泥棒にくらいつき、やがて通りがかりの男たちが駆けつけて泥棒は捕まったのであった。

まもなく、外出していたという上品なおかみさん知世が、爺さんの下男と帰ってきてこれを知り、風太郎は懇《ねんご》ろにお礼を言われ、ご馳走になった。

以後風太郎は、時々知世のところに立ち寄っていた。

知世は、風太郎が立ち寄るたびに持っている品物を買ってくれる、大得意先でもあった。

「万吉、お前が教えてくれた、いちご、なんとかさ」

風太郎は楽しそうに話し終えると、ある一軒の仕舞屋の前で止まった。

「ここだ」

風太郎は腕から落ちかけていた子犬を、よいしょと抱き直すと、裏庭の方に回って垣根越しに訪《おとな》いを入れ、木戸を押して入った。

「あら……」

縁側で、野菜を運んできた爺さんと話していた美しい女の人が、嬉しそうな声を上げて出迎えてくれた。

色が白く、優しげな目をしたその人が、知世という人だった。

「まあ、かわいい子犬」

知世は、風太郎の腕の中にいる子犬を見て、梶平という爺さんと顔を見合わせて微笑んだ。

風太郎は、梶平とも何度か会っていた。

「知世様。申し訳ありませんが、この子犬、貰っていただけませんでしょうか」

風太郎は頭を下げた。なぜここに連れてきたのかを、掻い摘んで知世に話した。

「この子の名は？」

知世は、子犬を抱き取るとにこにこして聞いた。

「男の子で、北斗《ほくと》っていうんだ」

「ほくと……」

「北斗星の北斗だ。親方が旅をする時に、いつもあれが北斗だと教えてくれる星があるんだ」

風太郎の頭にある数少ない知識を披露して名を告げた。

「良い名ですね。分かりました。寂しさも紛《まぎ》れるかもしれません。梶平、あのお饅頭《まんじゆう》を、この子たちにあげて下さい」

「はい」

梶平は嬉しそうな知世の顔を見て喜んで立ちあがると、

「待ってなさい。知世様の手作りだ。うまいぞ」

急いで台所から大きな饅頭と茶を運んできた。

風太郎と万吉は、思いがけない馳走を頂いたのである。

梶平は、万吉が饅頭を食べながら、自分は橘屋の小僧だと言ったのを聞きびっくりしたような顔をした。

万吉にはそれがなぜだか分かる筈もなかったが、ごん太の話をして皆を笑わせた。

和《なご》やかな声が庭に満ち、北斗をこの家に連れてきてよかったと、子供ながらに顔を見合わせてほっとした。だが、突然現れた虚無僧姿の武士によって、その空気は凍りついた。

「なんだ、この薄汚い犬は」

武士は深編笠をとると、鋭い目で北斗を睨んだ。

「申し訳ありません。一人暮らしではぶっそうですので、どこかに番犬になる犬がいればと頼んでいたのです」

知世は、嘘をついていた。それほど武士の顔には険悪なものが張りついていた。

――どうして知世様はこんな人といるのだろう。

万吉は思った。どう見ても不釣合に見えたし、こんな人を知世が好ましく思って暮らしているのだろうかという疑問が湧いた。

「飼うんだったら、もっとましな犬を飼うんだな」

武士はいきなり、知世が抱いていた北斗を摑みあげると、まるでごきぶりでも捨てるように庭に投げた。

「あっ」

風太郎は、悲鳴に近い驚きの声を上げた。

だが北斗は、軽業《かるわざ》師のようにくるりと庭に着地した。そして足を踏ん張って武士にうなり声を上げた。

「生意気なやつめ」

武士は小石を摑んで、北斗に投げた。

北斗は悲鳴を上げながら、庭の隅に逃げ込んだ。

「おやめ下さいまし。たかが犬、知世様のためにおめこぼし下さいませ」

梶平が武士の前に立ちはだかるようにして叫んだ。

「ふん、勝手にしろ」

武士は縁側から上にあがると、

「知世！……酒だ」

邪険な声で知世を呼び、部屋の奥に大股で消えた。

「今日はもうお帰り。もしもの時には、この爺がきっと育てるから」

梶平は言った。それで風太郎と万吉は、知世の家から逃げるようにして走り出た。

「あいつはいつもああなんだ。早瀬っていうお武家なんだが、とても悪い奴なんだぜ。おいらは知世様が殴られているのを見たことがある」

風太郎は走りながら、それはついこの間のことだと言い、

「知世様はお気の毒な身の上にちげえねえ。いまにあいつに殺されちまうんじゃねえかと心配してるんだ」

北斗を邪険にされたこともあり、風太郎は憎々しげに言った。

四

浅草《あさくさ》の新寺町《しんてらまち》に、西林寺《さいりんじ》という寺がある。

知世はその寺の墓地の片隅に額《ぬか》ずいて、長い間手を合わせていた。

墓石はなく、卒塔婆《そとば》が二本、風雨にさらされて立っていた。卒塔婆は夫久米総

一郎と、娘の舞のものである。

胸の前で手を合わせたまま、知世は時々顔を上げて卒塔婆になにやら話しかけていた。そうかと思ったら袖で目頭を押さえて肩を震わせた。

そんな知世の姿を、すぐ傍で蹲《うずくま》った梶平が見守っている。

お登勢は、二人の背後に静かに近づいた。

梶平がこれに気づいて、黙礼を返してきた。

二人の気配に気づいてか、ふわっと知世が首を捩《ね》じって立ち上がった。

「知世様でございますね。わたくしは駆け込み寺慶光寺の御用宿を営んでおります橘屋の登勢と申します」

お登勢が名を告げると、知世ははっとして梶平を見た。

「差し出がましいこととは存じましたが、ぜひ、一度知世様に会っていただきたいと、私がお願いしたのでございます」

梶平は許しを乞うように知世に言った。

知世の表情が俄かに硬くなった。

どのように返事をしていいのか、迷っているようにも見えた。

お登勢はすばやく、

「いえいえ、わたくしが梶平さんにお願いしたのでございます。一度知世様にお会いして、万吉がいろいろお世話をおかけしましたことをお詫び申し上げたい、そんなふうに思っていたところでございました。野良犬を押しつけたばかりでなく、美味しい手作りのおやつまで頂戴したと聞いております。申し訳ございません」

万吉の名を出して、知世の警戒心を解こうとした。

実は数日前、お登勢は道草を食って帰ってきた万吉を厳しく叱っている。それは万吉が、道草をした言い訳として犬の話を持ち出したばかりか、犬を貰ってくれたおばさんが可哀相だから助けてやってほしいなどと、わきまえのない子供の一念で食い下がったからである。

「小僧のお前にだって、お節介《せっかい》で橘屋が動くことなどできないことぐらい分かってますね。犬のことならまだしも、そんなことまで安請け合いしてくるとは、お前にはほとほとあきれ果てました。もう勝手な外出はなりません」

お登勢にぴしゃりと言われて、万吉はふくれっ面をして部屋に閉じこもった。いまだに意地を張っている。

「反省するまで助け船は出さないように。ほうっておきなさい」

お民にもそう言いつけてあるものの、それを聞いた十四郎から、

「お登勢殿、確かにお節介焼きかもしれぬが、一度知世という女子に会ってみてはどうかな。梶平や万吉たちの話は嘘ではあるまい。殺されるかもしれないと他人の目に映るほどだという。いかな武家の妻とはいえ、本人も好んで耐えているわけでもあるまいと存ずる」

やんわりと促された。

「ええ。確かに私たちの仕事は、自分ひとりの力では悪縁を断つことのできない不幸な女の人を救うことにあります。ところが現実には、駆け込むことさえできない女たちがどれほど多いことか……むしろそのことの方が問題です。しかし……」

お登勢は二の足を踏んでいた。

ところが昨日、橘屋にふらりと立ち寄った松波孫一郎によって、思いがけない事件が知らされた。

それは、ひと月前のこと、本所に住むさる大店の隠居が若い妾《めかけ》を殴り殺したという事件だった。

事件は、隠居の悋気《りんき》の果ての暴力だったという。

若い妾が誰彼なく媚《こび》を売り、訪問してくる物売りの男と文を交わしたのなんのという理由を隠居は述べたらしいが、一方の妾は物言えぬ骸《むくろ》となっているから、真相は闇の中である。

隠居のそういった言い分が通るのは、相手がいわば金で買われた女だからと思われる。

女は隠居のもとから逃げ出したかったに違いない。だが、それもできずに毎度の暴力に耐えていたようだ。

隠居のすさまじい怒声は、近隣の者たちも聞いていた。

隠居にしてみれば、妾は主の〝もの〟だという意識が強かったのではないか。

確かにこの世は、妾ばかりか女房だって旦那とは、主と従の関係である。常々意識して暮らしている訳ではないが、何か問題が持ち上がった時には、そのことが顔を出す。

女房や妾をどう躾けようが、主の勝手次第というのが、こういう事件を起こした男の言い分としてまかり通る。しかし、不義の濡れ衣を着せたうえで命まで奪うとは論外ではないか……。

隠居は小伝馬町《こでんまちよう》の牢に入ったものの、吟味《ぎんみ》の結果、無罪放免となったと聞いて、お登勢は静かに怒りを嚙み締めていた。

お登勢は他人事《ひとごと》ながら、殺された妾が可哀相でならなかった。

その妾と、知世の話がお登勢の頭の中で重なった時、お登勢はひとつの決断をして、立ち上がっていた。

――知世という人に会って何もなければそれでよい……。

そこでお登勢は梶平と連絡をとり、今日この寺に知世が現れるのだと聞いて待っていた。

お登勢がそんな話などおくびにも出さずに、万吉の名を出して犬を引き取ってくれた礼を言うと、

「いいえ……」

知世は、首を横に振って否定し、

「ずいぶんと私の慰めになっております。お礼などとそのような……」

口元に笑みを浮かべた。

お登勢も微笑み返し、

「旦那様とお嬢様が眠っていらっしゃるのですね」

卒塔婆に視線を流して聞いた。

「ええ……」

「わたくしにもお参りをさせて下さいませ」

お登勢は、知世の頷くのを待って、墓前に額ずいた。

「恐れ入ります」

知世は素直に礼を述べたが、固く口を閉じたまま、お登勢がお参りをすませるのを待っていた。

だが、二人が肩を並べて境内の方に歩き始めてまもなく、頑《かたく》なに見えた知世がふと口を開いた。

「梶平が……」

ちらと後ろの梶平を意識して、

「梶平がわたくしの身を案じてくれているのはありがたいと思っています。でも今の方に、早瀬様のことでございますが、わたくしは恩も義理もあるのです」

「……」

「早瀬様は、夫と同じ浪人です。夫とは仕事を通じた友人でした。夫が亡くなった時も、同じお仕事をしておりまして……」

「すると、旦那様がお亡くなりになった時、早瀬とおっしゃる方もご一緒だったのでございますか」

お登勢は、ゆっくり歩を進めながら聞いた。

「ええ。夫と早瀬様は、丸紅屋《まるべに》さんのお使いで桶川《おけがわ》の紅花《べにばな》の宿に参ったのですが、参る途中で夫は何者かに襲われまして、不慮の死を遂げました……幸いにも早瀬様はその場にいなくて助かったということでしたが……」

知世の夫久米総一郎を襲った輩《やから》は、久米の懐にあった三百両の金を奪って逃走した。

自分だけ生き残った早瀬は責任を感じて、知世と舞の暮らしの支援を申し出たのである。

夫に頼って糊口《ここう》を凌ぐ術《すべ》など身につけてこなかった知世は、正直途方にくれていた。娘の舞が健康な体ならまだしも、いつ容体が悪くなるか知れぬ心の臓の病を抱えていては、実際働きに出ることなどできる筈もない。

逡巡《しゅんじゅん》したあげく、知世は早瀬の言葉に縋ったのであった。

皮肉なのは、早瀬の庇護《ひご》を受けるようになってまもなく、舞が早世したことである。

「その時に一度、以後のご支援は頂くことはできませぬとお断りをしたのですが、聞き入れてはもらえませんでした。身勝手だと言われました……」

「身勝手、ですか」

「ええ……武士の妻なら恩も義理もわきまえろと……」

知世は顔を上げなかった。ずっと歩む先に目を落としたままだった。

「あのお方は変わられました。わたくしには返す言葉もございませんもの」

知世は、途方にくれているようだった。

「知世様。早瀬様にはご新造様がいらっしゃるのではないのですか」

「ずっとおひとりでいらしたと聞いておりますが、よくは存じません。今は本所にあるさるお旗本の別宅に住み込んで、ご隠居さまの用心棒をなさっていると聞いております」

知世は自信のない言葉を返してきた。

お登勢は、知世の横顔に目を遣った。深い翳りが、その白い頬に見える。だが知世は、早瀬から受けている理不尽な暴力については、ひとことも話さなかった。

そういう場所にいることの恥を、知世は噛み締めているようである。

二人はしばらく黙って歩いた。秋の日の、乾いた土を踏み締める音を耳朶《じだ》にとらえながら、墓地の道を抜け、境内の参道に入った。

すると、十歳前後の町屋の女の子たちが丸くなって手毬《てまり》で遊んでいるのが目に飛び込んできた。

ひとつとや　ひとよあくれば　にぎやかに　にぎやかに
かあざりたてたる　松飾り　まつかざり
ふたつとや　ふたばの松は　色ようて　いろようて
三がいまつは　かずさ山　上総《かずさ》山……

みな短めに着物を着て、赤い鼻緒や黄色い鼻緒の草履を履いて、時折きゃっきゃっと声を上げたり、笑いこけたりして毬をつく。

その愛らしさといったらない。

お登勢も知世も、しばらく立ち止まって眺めていたが、ふいに知世が袖を目頭に当てた。

「知世様……」

「舞は……あの子は手毬が大好きでございました」

知世は震える声で言ったのである。

「……」

「その舞が、早瀬様がやってくるたびに嫌な顔をいたしましてね。母様、舞は死んでもいい、だからあの人をここには来させないで……そんなことを申しましてね」

「……」

「娘を悲しませて、なんの治療でございましょうね。あの子に言われるまでもなく、わたくしは早瀬様の心の中に、恐ろしい何かがあるのを早くから気づいていたのでございます。それなのにわたくしは……あの子を早死にさせたのは、わたくしでございます」

知世は、堰《せき》を切ったように袖で顔を覆って泣き出した。

「知世様。そういうことならなおさらです。どうぞ舞様のためにも勇気をお出し下さいませ。そうすればきっと新しい道が見えてまいります。なにも案じることはございません……」

お登勢は、女ひとり立派に生きていける道を橘屋は持っているのだと、三ツ屋の店の話をした。

「ただ……申し訳ありません。はしたないことを申しますが、ご勘弁下さいませ」

お登勢は断ってから、

「もし、知世様の心に、早瀬様へのお気持ちが残っていれば、話は別です」

知世の顔を覗いて言った。

知世は、激しく首を振ると、

「恩義のあるおひとではございますが、お登勢様、わたくしがあそこに留《とど》まっている本当の理由は、夫の死の真相をつきとめたい。そういう気持ちもあったからでございます」

きっとお登勢の顔を見た。

「知世様……」

「夫の死への疑惑が、年月を重ねれば重ねるほど、深くなっていくのでございます」

知世は言葉を濁したが、早瀬から離れぬ理由はそこにあるのだとお登勢を見た目が告げていた。

五

「お待たせいたしました。手前が伊左衛門《いざえもん》でございます」

本町《ほんちょう》三丁目にある紅問屋『丸紅屋』の主は、座敷に通され、茶を喫して待っていた十四郎に挨拶を終えると、

「さて、一年前の事件をお調べとお聞きしましたが……」

興味深そうな目を向けてきた。

伊左衛門は茄子《なす》のような顔立ちをしていた。剃刀《かみそり》ですっと横に切れ目を入れたような細い目をした男であった。その、あるかなしかに見える目で、じっと十四郎の顔を見た。

「いかにも、お察しの通りでござる。他意はござらぬ」

十四郎は頷いた。

お登勢が知世から聞いた久米総一郎の死の疑惑、それを解くために藤七を知世の家に張りつかせ、十四郎は当時、久米と早瀬が用心棒を請け負っていたと聞いた丸紅屋にやってきた。

「承知しました、お話し致しましょう。正直私も思い出すのも忌々しい事件でございまして、一年経った今でも下手人があがらぬとは、苛立たしい気持ちでいっぱいでございます」

伊左衛門はそう言うと、膝を直して事の顚末《てんまつ》を語った。

それによると、今から一年前、桶川の宿に紅の買い付けに行った手代の伝蔵《でんぞう》から、三百両の不足が生じたという連絡が来た。

丸紅屋は桶川で紅玉を買い付けると、それを京に送って、紅や染料に精製して、それからこの江戸に運んできて、紅屋や絵具屋などに卸している。

むろん丸紅屋でも、紅も絵具も小売りはしていて、紅については数年前に、特上の紅玉からつくった『紅小町《べにこまち》』という紅を売り出し、丸紅屋の紅はたいへんな人気となっている。

いきおい、紅小町にする紅玉の買い付けには、たいへんな労苦と金をかけている。

桶川の紅問屋には、手代の伝蔵が毎年出向き、よく吟味して仕入れているのだが、紅玉を精製している百姓から直接買い受けることもある。

近頃では百姓も賢くなって、良質のものは高額の値段で売ろうとする。

そんな折は金をちらつかせて値段の交渉をするわけだが、今度の場合もそういう事情だった。

品質の良い紅玉を押さえたが、百姓は即刻お金と引き換えだと言って聞かない。持参していた金はすでに問屋での買い入れで使い果たしていて、手元には十数両しか残っていない。すぐに三百両の金を、誰かに頼んで寄越してほしいと、伝蔵の手紙には書いてあったのである。

そこで伊左衛門は、助七《すけしち》という手代に三百両を運ばせることにしたのだが、その用心棒として、以前口入屋《くちいれや》を通して仕事を頼んだことのある久米総一郎に白羽の矢を立てた。

そして用心のためにもう一人、大金が往来するこの時期に出没する山賊を警戒して、久米の紹介で早瀬玄之丞という浪人も雇い入れた。

伊左衛門は出発の朝、まだ薄暗い店の表で、三人を見送った。

桶川の宿は江戸からおよそ十里（約三九キロメートル）、早朝江戸を出立《しゅったつ》すれば、男の足ならその日のうちには到着できる。

ところがぬかりなく手を打ってほっとしたのも束の間、翌日上尾《あげお》の宿の宿場役人から仰天する連絡を受けた。

宿場を出てまもなく、桶川に向かう街道筋の欅《けやき》並木の裏手の雑木林の中で、手代の助七と久米総一郎が滅多斬りにされて殺されているのが見つかったというのであった。

知らせてきたのは早瀬玄之丞だった。

早瀬は、桶川まであと二里（約八キロメートル）余りというところで腹痛を起こして歩けなくなった。

日没までに桶川に到着しようと考えていた総一郎は、街道脇の百姓家に早瀬を頼み、助七と先を急いで災難に遭ったらしい。

三百両の金はむろんなくなっていた。

腹痛がおさまって二人のあとを追いかけた早瀬は、変わり果てた二人を見て呆然とした。

二人が惨殺されていた場所が、上尾の宿を出て一町《ちょう》（約一〇九メートル）ほどのところだったことから、上尾の宿場役人が二人の遺体を検死した。

早瀬は役人と一緒にあたりを探索したのだが、賊に繋がる手掛かりは何も出てこなかったのである。

「そういう次第でございまして、わたくしどももたいへんな損害を被《こうむ》りました。

久米様は剣術もおできになった。あのお方が斬られるとは想像もしておりませんでした」

「ふむ……」

総一郎たちは、あっという間に襲撃された。場所が人影の少ない宿場を出たところというのも、いかにも前もって襲撃の場所を考えていたとしか思えない。

「ひとつ聞きたいのだが、不足の金を運ぶことを知っていたのは、誰と誰だ」

「店の者のほかにはいなかったと存じます。なにしろ、伝蔵から知らせを受けた翌日には、三百両を持って出立していますからね」

「腑《ふ》に落ちぬな……旅人は他にもいる。紅花を買うために桶川まで出向く商人は他にもいるのだ。よりによって狙われるとはな」

「おっしゃる通りでございます。なぜうちが狙われたのか合点《がてん》がいきません」

伊左衛門は口をへの字に曲げて、鼻を鳴らした。

「………」

「そうそう、一度久米様のご新造様が、旦那様の死の真相を知りたいと申されて、お見えになったことがございましたな」

「知世殿が？」

「はい。下手人の見当ぐらいはついているのかもしれないと思ってお見えになったようですが、少しも事件が解明されていないことを知ると、ずいぶんと落胆なさいまして……お気の毒なことでございます」

「……」

「塙様……」

黙考している十四郎の顔を伊左衛門は見詰めると、

「あなた様のお力で、事件の真相を突き止めていただけましたら、これほどありがたいことはございません。いかがでしょう……お願いできませんか？」

丸紅屋伊左衛門は神妙な顔で言った。

丸紅屋を出た十四郎が、橘屋のある万年町《まんねんちょう》に立ち寄るために、永代橋《えいたい》を渡り、佐賀町から油堀《あぶらぼり》に沿って一色町《いつしきちょう》に入った時には、行く手は残照の中にあった。

遠くに見える寺の屋根には陽の名残《なごり》が見えるものの、足元には夕闇の気配が漂っていた。

橘屋がある万年町に入るまで、あと少しである。自然と足が早まった。

その時である。

「十四郎様」

後ろから声をかけられた。

振り返ると、藤七が駆けてきた。

「なんだ。どこに行っていたのだ」

藤七は六間堀の知世の居宅を見張っていた筈ではないかと、思ったからだ。

「早瀬の旦那が虚無僧姿でやってきたんです、知世様のお住まいに……それで、帰りを尾けました」

「すると、早瀬玄之丞が帰った先は、この深川だったのか」

「はい。黒江町《くろえちょう》でございました」

「知世殿には本所の旗本の別宅に住み込んでいると言っていた筈だが……」

「いえいえ、それは違いますね。知世様には嘘をついています。あの旦那は、黒江町で女に小体《こてい》な店をやらせています」

「何……女がいるのか」

「はい。店は表から見ますと綺麗な小料理屋風ですが、どうやら客は限定されているようでして、人相の悪い男衆が裕福そうな旦那方を連れてくるんです。間違ってうっかり一見《いちげん》の客が暖簾をくぐろうものなら、すぐに追い出されます。妙な店だなと思いまして、隣のしるこ屋で一分銀を渡しまして聞き出しましたところ、早瀬の旦那が自分の女にやらせている店で、早くいえば女郎宿でした」

「なるほどな……して、その店はいつ頃から出しているのだ」

「一年前です」

「……」

十四郎は、険しい顔で藤七を見た。

藤七は、口元を引き締めて頷くと、

「ところが、またその女がしたたかな女でして……」

「見たのか」

「はい。しばらくして着流しの早瀬の旦那と差し向かいの蕎麦《そば》屋に入っていったんです。それで私もその蕎麦屋に入りましたところ……」

早瀬と女は窓際の腰掛けに座って注文した蕎麦が運ばれてくるのを待ちながら、酒を飲んでいた。

藤七は、女の見える位置に腰を下ろすと、蕎麦を頼んで耳を澄ました。

「だから言ったじゃないか。人の後家さんに手を出すから、そういうことになるんじゃないか。へん、いい気味」

女は早瀬をちらと見て、鼻で笑った。

目鼻立ちは美しいが、女の顔にはすさんだものが張りついていた。

「口を慎《つつ》しめ」

早瀬がむっとして言葉を返すと、

「あんたの正体、見破られているんだよ。あんたがあの女にどれほどぞっこんか分かっているさ……でも、そんな女を抱いたって楽しくもなんともないじゃないか。ねえ、もうおよしよ……あんた」

女はとりなすように言い、ぞっとするような妖艶な色気を早瀬に送った。

「うるさいな。お前は言われた通りに商いに精を出せばいいんだ。吉原《よしわら》でお払い箱同然のお前を身請けしてやったのを忘れたのか。黙って稼げばいいんだ」

早瀬の一喝で、女は不服そうな顔をして黙った。

藤七はそこまで話すと、

「女の名はおすめっていうんだそうでございます。知世様は騙されています。おすめが言った、あんたの正体は見破られているという言葉が、ずっとひっかかっているんですが……十四郎様のほうはいかがでございましたか」

肩を並べて歩きながら、藤七は前方を包み始めた薄闇を見た。

「うむ。こっちも妙な話を聞いてきた」

十四郎は、丸紅屋の伊左衛門から聞いた話を、藤七にして聞かせた。

「放ってはおけませんね、十四郎様」

「藤七、桶川の宿の手前で何があったのか、それを明かさずして知世殿を救うことはできぬな」

闇を見据えて十四郎は言った。

六

藤七が桶川に出立した翌夕刻から、御府内は野分《のわけ》のような風雨に見舞われた。

「みなさん、表に出ている桶やらなにやら、風で飛ばないように家の中に始末して下さい。それから、夕餉の支度が終わりましたら、使った火の始末は厳重にして下さい」

大家の八兵衛《はちべえ》は、雨傘を飛ばされそうになりながら、長屋の路地に立って大声を張り上げていた。

野分が恐ろしいのは雨風だけではない。ひょんな拍子に火の粉が飛んで大火事を引き起こす。狭い路地を挟んで建つ長屋は、いずれかの家で火の手があがればひとたまりもない。

十四郎が橋屋の若い衆の伝言を受けて表に飛び出した時、八兵衛は狸顔を右に左に振りながら、長屋の連中に注意を与えていた。

「おや、十四郎様、こんな時にお出かけでございますか」

怪訝な顔で聞いてきた。

「万吉がいなくなったらしいのだ。使いにやったのは昼前だと言うのだが」

「それはまた……この天候です。子供の足では歩くのは難儀でしょう。どこかで雨風が止むのを待っているのかもしれませんよ」

「それならいいが……すまぬが俺の家のこと、頼んだぞ」

「承知しました。お気をつけて」

八兵衛は言った。

十四郎は傘を斜めに翳《かざ》すと、急ぎ足で深川に向かった。

人の姿は不思議なほど少なかった。

両国橋の袂に店を出している掛茶屋も店を畳んでいて、広場は閑散としているし、その光景は、隅田川沿いも同じだった。

頃は秋である。行楽の客で賑わう川筋に人気《ひとけ》のないのは不気味な感じがした。川はまだ増水はしていなかったが、風にあおられて波打つ深い緑に変色した水面を見ると、改めて川の恐ろしさを知る。

——いったい何処《どこ》に行ったんだ。

風太郎が相談を持ちかけて以来、万吉はお登勢にたびたび叱られてふて腐れていた。

これが母がいる男児なら、反抗の時期がきたのかと苦笑して済むのだが、万吉は捨て子で母の面影はない。

万吉は母への思慕を、お登勢に寄せていたに違いないのだ。

そのお登勢から厳しく窘《たしな》められて、万吉にはそうとう堪《こた》えていた筈だ。お登勢が実際の母でなく、主だと改めて認識させられたことも、かえって万吉の心を頑《かたく》なにさせてしまったのかもしれない。

お登勢への思慕が強かっただけに、万吉はいま孤独を味わっているのだろう。

しかし、それを乗り越えなければ成長はない。そのうちに分かる筈だと十四郎は思っていたのだが、よりにもよって、こんな野分の日にいなくなるとは——。

十四郎の長屋に使いに来た若い衆の話によれば、風太郎の養い親の長次が、万吉と出ていった風太郎が一向に帰ってこない。気になって何か心当たりはないかと橋屋にやってきたらしく、二人が一緒にどこかに姿をくらましたのは間違いないようだった。

——知世殿のところかもしれぬ。

十四郎は、橋屋に向かう途中で、六間堀の知世の住む仕舞屋《しもたや》に寄った。

激しい雨風にふきつけられながら、知世の住む家の戸を叩くと、がたがた音をさせて梶平が顔を出した。

「塙様……」

「万吉たちが来なかったか」

十四郎は、すべり込むようにして、玄関に入った。

「えっ、お店に帰っていないのでございますか」

梶平はびっくりして、

「知世様、たいへんでございます」

奥に向かって呼びかけた。

すぐに奥から知世が出てきて敷居際に座った。

「万吉坊と風太郎坊がいなくなったようでございますよ」

「まあ、じゃあ二人は北斗を抱えて、どこをさまよっているのでしょうか。申し訳ないことを致しました」

知世は涙を拭った。

「なんの話だ。ここに来たのは確かなのだな」

十四郎が梶平に聞くと、

「はい」

「今どこにいる」

「それが……実は今日の昼頃ですが、私が野菜をここに運んできてすぐでした。早瀬様が参られまして、北斗が激しく吠えて足をがぶりと……」

「早瀬のか」

「はい。それで怒ったのなんの、早瀬様は持っていた尺八で、北斗の脳天を力を込めて叩きました。何度もです。まだ北斗は子犬ですからね。頭の骨が砕けたようで死んでしまいました」

「何……」

「そこへ二人がやってきたんです。知世様が北斗を抱いて泣いているところに……早瀬様は血のついた尺八を持って憮然《ぶぜん》として立っていました……」

「北斗……北斗」

庭に走り込んできた二人は、その場の有様を見て、地面に両足を踏ん張って早瀬を睨《にら》んだ。

許さないぞ――。

二人の表情には、抑えきれない怒りが見えた。

誰かがひとこと発すれば、命を捨てて早瀬に飛びかかっていきそうな気配だった。さすがの早瀬も、

「ちっ……」

血のついた尺八を投げ捨てると、足音を立てて帰っていった。

「北斗……」

「北斗……」

二人は北斗に駆け寄ると、ぽろぽろ涙をこぼして物言わぬ北斗の顔や頭を撫でていたが、

「知世様、北斗がお世話になりました」

二人そろって頭を下げると、北斗を抱き抱えてしょんぼりして帰っていった。

「それからまもなくして雨が降り出しました。風も強くなりまして、私は家の用

心のために二人を追うことは叶いませんでしたが、知世様と二人で案じていたところでございます」

梶平が言い終わると、

「引き止めればよかったのですが、もうこちらが何も言えないほど力を落として……」

知世はまた思い出して涙ぐんだ。

雨は一晩中降り続き、風も庭の木の葉を散らせるだけ散らして、野分は過ぎた。

朝の光は、風雨にさらされて腰を折られたり倒されたりした草木や花の痛々しい姿を見せていたが、雨風が止んだだけでも、十四郎たちはほっと胸を撫で下ろした。

十四郎もお登勢も、ほとんど眠らずに夜を明かしていた。

若い衆が八方に散って捜したが、万吉たちの行方は、杳《よう》として摑めなかった。

橘屋は宿を営んでいる。内々の騒動でお客に不快な思いはさせられない。

お登勢は疲れのかけらもお客に見せないように、お客に笑顔を振りまいて見送りの挨拶を交わしていたが、一段落して部屋に戻ると、さすがに疲労の色は隠せないようだった。

「少し休みなさい」

十四郎は、叱るようにお登勢に言ったが、お登勢は口元に寂しげな笑みを浮かべて、首を小さく横に振った。

「お登勢殿……」

「十四郎様、あの子を母親のように案じてやれるのは、わたくししかおりません。私、昨夜はずっと、あの子と会った時のことを思い出しておりました」

お登勢は言った。

それは四年前のことである。

浅草寺《せんそうじ》に藤七と立ち寄ったお登勢は、弁天山《べんてんやま》に向かう石段を上がった所に、六、七歳の男の子がもう一刻《いっとき》（二時間）も前から同じ姿勢で座っているのに気がついた。

男の子のすぐ後ろには、時の鐘がある。

最初に見た時には、その鐘に興味を持ってそこに居るのかと思っていたが、ひとまわりして戻ってきた時も、膝小僧を抱えた同じ恰好で座っていた。

男の子は、ぼんやり下を行き交う人を眺めている。

「様子が変ですね」

お登勢は、藤七を促して石段を上った。

「どうしました。おっかさんでも待っているのですか」

お登勢が尋ねるが、男の子は敵でも睨むような目をして、お登勢を見上げてきた。

すると、寺男が近づいてきて、

「女将さん、この子は、ここにこうして座って三日目になりやす」

ほとほと困った顔をして、こんなところで死なれたら困るから、握り飯だけは与えているのだと言い、

「どうやら母親に捨てられたんだと思うのですが……」

溜め息を吐いて男の子を見た。

すると、

「ちがわい。おいら、捨てられたんじゃねえ。おっかあは、おっかあは……」

男の子は目に涙を一杯ためて、両足を踏ん張って立ち上がった。

「そうですよ。坊やの言う通りですよ。おっかさんが坊やを捨てるものですか」

お登勢は、男の子の頭を撫でると、寺男にこれも何かの御縁、この子のおっか

さんがずっと現れないようなら、深川の橘屋に知らせて下さいと言い残して踵を返した。

だが、石段を幾段も下りないうちに、後ろから男の子がついて下りてきているのに気がついた。

「お登勢様……」

藤七は目顔で、かかわるのはこれきりにして下さいというような窘めるような合図をお登勢に送ってきたが、お登勢は立ち止まって男の子が下りてくるのを待った。

「おばさん」

男の子は小さな声を上げ、お登勢を見た。瞳の奥がきらきら光って、お登勢に何か訴えたい、そんな目をしていた。

お登勢は、にこっと笑って頷いた。そして、

「さあ……」

両手の掌を見せて少し前に出すようにして促すと、男の子はお登勢の胸に飛び込むように走り下りてきた。

「もう安心しなさい、名前は?」

幼い肩を抱き留めて優しく聞くと、

「万吉」

小さく恥ずかしそうに言い、それまで我慢していたものが一気に溢れ出るような泣き声を上げた。

「あの時の万吉の泣き声、私に全身で頼ってきたあの姿を私、忘れたことはありません。あの時以来万吉は、親の顔は忘れた、知らないなんて言っていますが、心に受けた傷はそれだけ深いのだと私は思ってきたのです……」

お登勢は十四郎にそう言うと、ふっと立ち上がった。

ごん太の鳴く声がしたからである。

急いで裏庭に回ると、風呂の焚き口近くにある軒先に、ずぶ濡れになった万吉の木綿《もめん》の着物が、一方にへばりつくようにして掛かっていた。

万吉が自分で洗って干していたものである。その着物の寸法はまだ子供のもので、万吉の幼さを表していた。

その着物に向かって、ごん太が心細そうに吠えていたのである。

お登勢は、濡れた着物を下ろして両腕に載せた。

物言わぬ着物、万吉の抜け殻のように見えるその着物を抱き締めるようにして、

お登勢は、

「万吉……」

涙を拭った。

「お登勢殿……」

ひしひしと万吉のいなくなった寂しさが、お登勢を襲った。

「厳しく言い過ぎました。あの子はもう、帰ってこないかもしれません」

「そんなことはない。お登勢殿の心が分からぬ万吉ではない。俺にも覚えがある。自分でも分からぬ反抗的な心が芽生える時期があるのだ。きっと帰ってくる」

十四郎がそう言った時、若い衆の鶴吉が息を切らして駆け帰ってきた。

「見つかりました」

「何、どこにいたのだ」

「はい。死んだ犬を抱えて彷徨《さまよ》っていたらしく、猿江御材木蔵《さるえおざいもくぐら》の近くの畑の小屋の中で、ずぶ濡れの体で震えていたそうです。畑の持ち主から番屋に連絡が入りまして、二人とも熱を出しているようなので柳庵先生の診療所に運ばれまして、それで身元が分かったということでした」

「容体は？……大事《だいじ》ありませんか」

お登勢が急いで聞く。

「はい。私も先生のところに走って二人を見てきましたが、眠っておりました。もう大事ないようでございます」

「十四郎様……」

お登勢は力が抜けたように、そこにへなへなと座った。

「よし。帰りに一度、先生のところに立ち寄ってみるか」

十四郎は立ち上がっていた。

七

「夜分に恐れ入ります。藤七でございます」

十四郎が柳庵の診療所に立ち寄って、万吉と風太郎の無事を確かめてから長屋に帰ると、桶川に出向いていた藤七が長屋の戸口で待っていた。

「橘屋に戻る前にご報告してと存じまして」

「随分と早かったではないか。野分に遭い調べも難しいのではないかと案じていたのだが」

十四郎は言いながら、藤七に中に入れと促した。

「橋屋もたいへんだったぞ。万吉がいなくなって大騒ぎだった」

座敷に上がって、湯呑み茶碗に冷や酒を注《つ》ぎながら、十四郎は藤七が上がり框に腰を据えるのをちらと見て言った。

「また万吉ですか。近頃あの子には困ったものです」

「まあ飲め。お茶の代わりだ」

十四郎は、酒の入った湯呑み茶碗を藤七の前に押し出すと、藤七のいなかった二日の間に起きた万吉騒動を話して聞かせた。

「それで、容体は……」

「風太郎はすっかり元気になって親方に連れられて帰っていったが、万吉はもう一晩様子を見ると柳庵は言っている。なにしろ、熱はとれてきているものの、眠りこけては目を覚まし、薬を飲んではまた眠るといった具合でな」

「そうでしたか。一度、十四郎様も万吉を叱ってやって下さいませ。橋屋は普通の宿ではありません。家の者が騒動を起こしては御用に差し支えます」

「いや、そのつもりだったが……」

十四郎は苦笑して言った。

それは夕刻のこと、十四郎とお登勢が柳庵の診療所に出向くと、万吉は福助《ふくすけ》がつくった粥を前にして起き上がったところだった。

「お登勢様……十四郎様……」

万吉は二人が現れて、びっくりして俯いた。

「いったい、何をしていたのです」

お登勢は万吉の傍に座ると、俯いている顔を覗いた。万吉は口元を引き締めて黙っていた。

「知世様もわざわざお見舞いに来て下さったと聞きました。橘屋もお前の行方を捜してたいへんでした。どこにいました」

お登勢は厳しい口調で言った。

「お登勢殿、どうやら万吉たちは、犬の埋葬先を捜していたようですよ。二人で抱いてあっちこっちしている間に野分に遭ったようですから、家出したんじゃないわね、そうでしょ」

柳庵が部屋に入ってきて、万吉の代わりに弁明したが、お登勢の顔は緩まなかった。

「皆に心配かけて。顔を上げなさい！」

お登勢は叱った。

万吉は上目遣《うわめづか》いに顔を上げたが、

「あっ」

声を上げて頬を押さえた。

お登勢がぴしゃりとやったのである。

「お登勢！……」

十四郎も柳庵もびっくりして、険しいお登勢の顔を見た。

歯を食いしばるようにして見詰める万吉に、お登勢は言った。

「痛かったでしょ……いま万吉の頬を打った手は、お前のおっかさんの手だと思いなさい」

「！……」

「お前のおっかさんは、きっと遠い御空《みそら》でお前のことを案じながら暮らしているに違いないのです。素直に、元気に、育ってほしいと……」

「……」

「だから、わたくしの手は、おっかさんの手でもあるのです」

「お登勢様……」

万吉はか細い声をあげた。先程までの固い表情は解け、大きく見開いた目が濡れていた。

「お前が可愛いから叱りました……お前が可愛いから、厳しく言いました……」

お登勢は、込み上げる思いを噛み締めるように言った。その時だった。

「お登勢様！」

万吉が泣きながら、お登勢の胸に飛び込んだのである。


十四郎はその時の様子を藤七に話し終えると、

「お登勢殿のあの言葉は、万吉の一生の支えになるに違いない」

感服した顔で藤七の顔を見た。

藤七も頷き返して、

「そういう方です、お登勢様は……」

得たりという顔で、酒を飲み干した。

「それで、桶川の調べだが、何か分かったか」

十四郎は、改めて藤七の顔を見た。

「はい」

藤七は険しい顔で頷くと、

「まず、早瀬玄之丞が腹痛を起こして休息したという百姓家を探し当てました」

「うむ」

「上尾の手前、吉《よし》の原《はら》の街道脇の百姓家でした。大宮《おおみや》宿や上尾の宿に野菜をつくって運んでいる百姓家でしたが、伍一《ごいち》という主は、よくその時のことを覚えておりまして、久米様と丸紅屋の手代が早瀬を両脇から抱えるようにしてやってきた時には、早瀬の旦那はたいへんな痛がりようだったというのです。ところが、先を急ぐ久米様たちが出立すると、けろりと腹痛がおさまったということでした」

「……………」

「いくらもたたないうちに、仲間を追うのだと言い、出ていったというのです。伍一は心配して戸口まで見送りに出たようですが、早瀬はその時、元気な足取りで地元の者しか知らない脇道に入っていったということです」

「ふむ。それでその脇道は、どこに向かっているのだ」

「実際私が歩いてみました。辿っていきましたところ、上尾の宿場に出ました」

「ほう……」

「道幅が狭く、人ひとり歩くのがやっとでした。ただ、脇道は本街道を行くより四半刻《しはんとき》は早く上尾に到着するそうです」

「そうか……」

十四郎は頷いた。

「それともう一つ、合流地点で早瀬を待ち受けていた男たちを見た者がおりました」

「まことか」

「はい。宿場の出入口に灯籠があるのですが、そのすぐ傍で草鞋《わらじ》や菅笠《すげがさ》を立ち売りしている婆さんです。早瀬の旦那を待っていたのは三人、一人は頬に刀傷があったようです」

「襲撃の場を見た者はいないのだな」

「はい、それは……私も宿場役人に案内してもらってその場所に行ってきましたが、欅並木の裏手といってもそうとう距離がありまして、街道からは見えない場所でした」

「藤七、早瀬玄之丞という男、臭うな。いや、奴は丸紅屋の一件に深くかかわっている」

「私もそう思います。腹痛の話といい、後に知世様に、巧みに恩を売って囲い者にするなど、初めからできていた話ではないかと」

とはいえ、久米総一郎と丸紅屋の手代を、早瀬が殺したのを見た者はいない。

十四郎と藤七の推測は、あくまで現地を調べて得た状況証拠からのものである。

――何かひとつ、殺しをやったという決定的な証拠がほしい……。

深川の黒江町の女なら、すべてを知っているのかもしれぬ。しかし女に直接尋ねれば、知世が危ない。

十四郎が、次の策を考えていると、

「十四郎様、もう少し早瀬を張り込んでみます」

頼もしい声で藤七が言った。

八

知世の家から早瀬玄之丞が出てきたのは夕刻近くだった。

藤七の尾行が始まった。上尾から帰ってきてから、ずっと藤七は早瀬に張りついていた。

早瀬が知世の家にやってくるのは、二日か三日おきだった。一刻ほどを知世と過ごして帰っていくのだが、一度黒江町の女のところに姿を見せたのち、夕刻よりまた出かける。今度は博打場に通うためだった。

博打場は決まっていて、永代寺の門前東仲町《もんぜんひがしなかちょう》にある吉宇《きちう》という、辺り一帯の出店《でだな》を仕切っている男の家の二階である。

女に小料理屋をやらせる前は、ここを塒《ねぐら》にして、吉宇から出店の取り締まりや寺銭の取り立ての仕事を貰って糊口をしのいでいたようである。

早瀬は、武士というのは名ばかり、女と博打に明け暮れる退廃した暮らしが染《し》みついている男だった。

知世の家を出た早瀬は、御籾蔵《おもみぐら》の南側の路に出て、新大橋《しんおおはし》の袂に出、そこから川下に万年橋を渡り、上之橋を渡り、さらに川下の中之橋を渡ったところで東に折れる。

だが今日は、上之橋の南袂で青地に濃茶の縞の着物を着た女に阻まれて立ち止まった。

女は橋袂の欄干《らんかん》にもたれて待ち伏せしていたのか、早瀬の姿が橋の上に現れたのを見ると、下駄の音をからっ、からっと鳴らして早瀬の前に出てきた。横柄《おうへい》な態度だった。

早瀬はぎくりと立ち止まったが、それは女に誰何《すいか》されたからだった。

女はひとこと、ふたこと、何かしゃべって橋の袂に顎をしゃくった。

二人は袂の河岸に下り、堆《うずたか》く積み上げられている薪の束のむこうに回った。

夕闇が足元まで迫っていた。

藤七は気づかれぬように薪の束の手前に忍び入った。

早瀬の顔は見えなかったが、薄闇の中でも女の顔は見えた。

女は三十そこそこかと思える所帯やつれした化粧っ気のない顔に、紅だけ薄くつけていた。

「知らないとは言わせないよ。あたしゃ、つけ馬さ」

女は足を開いて踏ん張ると早瀬を睨んだ。

「何、つけ馬だと……覚えがないな。あんたの顔も初めてだ」

「とぼけるんじゃないよ。貰い忘れたものを貰いにきたのさ。あんた、誰かに渡し忘れているもんがあるだろ……」

「さて、知らぬな。いったいお前は誰だ」

「おかよさ」

「おかよ……何か人違いしてるんじゃないのか」

「じゃ、分かるように言ってやるさ。あたしゃ、巳之八《みのはち》の女房さ」

「巳之八……」

「心当たりはあるだろ。いや、心当たりどころじゃない。借りがあったってこと思い出したんじゃないのかい」

「……」

早瀬が黙った。おかよという女が言うように、心当たりがあるようだった。

「巳之八は、生きていたのか」

低いが驚いた声がした。あきらかに動揺している早瀬の声だった。

「生きてるさ……ほうら、驚いたようだね、早瀬の旦那。お前さんに斬り刻まれて足の筋はやられちまって動けない体だけど、ちゃあんと生きてるさ。あんたに、貰うものを貰わないうちは死ねないってね」

「……」

「でね、あたしがかわりに貰いに来た訳さ」

「ふん。何を貰いたいというのだ」

「決まってるじゃないか。金さ、貰いたいのは……三十両」

「三十両！」

「何を驚いているんだろ。あんたは大金を独り占めにして結構な暮らしをしてるじゃないか。女を二人も囲ってさ、おまけにその一人には店までやらせてる」

「分かった。お前の言い分も分からない訳ではないが、どうだ、俺が巳之八に直接会って話をつけようじゃないか」

「お断りしますよ。その手に乗るもんかね。あの人は馬鹿正直だからあんたに騙されたけど、あたしは違う。甘く見るんじゃないよ。嫌だと言ったら、出るところに出ようじゃないか」

おかよは負けてはいなかった。

早瀬は、しばらく言葉を失った。だが、やがておかよを宥《なだ》めるような声で言った。

「明日の夜、黒江町の店に来てくれ。金はそこで渡す。それでいいな」

おかよが頷くと、早瀬は逃げるようにして去った。

知世が橘屋に現れたのは、その日の夕刻だった。

「決心なさいましたね、知世様」

お登勢は仏間に知世を通すとすぐに言った。

知世がしっかりと頷くのを見て、お登勢はほっとした顔を、傍に座った十四郎に向けた。

「それがいい。早瀬玄之丞は危険な男だ。ご亭主の久米殿を殺した下手人と決まった訳ではないが、藤七に調べさせたところ、不審な点がいくつも浮かび上がっている」

十四郎は、藤七が調べてきたことを掻い摘んで知世に告げた。

知世は、身動《みじろ》ぎもせずじっと耳を傾けていたが、

「やはりという気が致します」

きっと顔を上げると、この品を見ていただきたいと、十四郎とお登勢の前に、紫の袱紗《ふくさ》に包んだものを出した。そして静かにそれを開いた。

包まれていたものは象牙の般若《はんにゃ》の彫り物だった。

「これは？」

十四郎は手に取って見る。

根付《ねつけ》と思われるが、普通の根付よりも一回り大きかった。ただ、その細工の見事さには驚いた。般若の肌の艶やかさ、生きているような目の輝き、開いた口の猛々しい赤い色は、古代の神のように見えた。

「これの由来の詳しい話は知らないのですが、久米家が代々受け継いできた宝物でした」

「ほう……」

「時々の当主が、肌身離さず持つ邪気払いの鬼でございます。夫の父も、そして夫も、財布の中に納めまして、持ち歩いておりました」

「すると何かな、桶川に用心棒として出かけた日も、肌身につけて参られたのか」

「はい」

知世は、険しい顔で答えると、

「夫の死体に対面した時、財布のお金と一緒に盗られておりました。それが、早瀬のお財布の中にあったのでございます」

「何……」

「少し前に気がついていたのですが、確かめることができませんでした。それで今日、お酒を勧めて眠ってしまった時に、調べましたらあったのです。これは二つとこの世にない品でございますから、間違いございません。早瀬は、夫の死にかかわり、そして夫のお金とこの般若を、自分の懐に入れたのです」

知世は、きっぱりと言った。

「愚かでございました。夫が亡くなったことで動転していたとはいえ、早瀬の申し出を受けるなんて」

「知世様、無理からぬ話です。ご自分を責めることはございません」

「お登勢様、舞は子供心に気づいていたのでございます。わたくし一人が愚かでした。でも……」

知世は口ごもり、下を向いた。ほんのしばらく逡巡しているようだったが、

「信じていただけるかどうか、この身は、無理矢理に……わたくしの心の中には、ずっと夫しかおりません。その夫に申し訳なくて、針の筵《むしろ》に座っているような日々を送って参りました」

「分かっていますよ、知世様」

「舞が亡くなってからは、夫の死の真相をつきとめたい一心でおりました。夫を殺した者に報復したいと、その気持ちが早瀬の暴力にも耐える力を与えてくれました。でもこの般若が、誰が夫を襲ったのか教えてくれたのです。夫の敵《かたき》をとってやりたいと思います」

知世はそう言うと、膝を起こした。

「お待ちなさい。どこに行かれる」

十四郎が、厳しい顔で知世を見た。

「……」

「死にに行くおつもりか」

「塙様、わたくしは久米総一郎の妻でございます」

「無駄死にをしては、あの世におられるご亭主も嘆かれるのではないかな」

「……」

「仮に寝首を掻いて敵を討ったとしても、御家再興が叶うという話でもあるまい」

「十四郎様のおっしゃる通りです。知世様、ここはこの橘屋にお任せ下さいませ」

お登勢が言った。

「でも……」

「この先のことをお考え下さいませ。旦那様とお嬢様のご供養をしながら、しっかり生きて下さいませ。そのためならこの橘屋、力をお貸しします。私は、無闇に命を落とすことを良いとは思いません」

お登勢はきっぱりと言った。その時である。

「ただいま戻りました」

藤七が、興奮した顔で入ってきた。

「十四郎様。久米様殺しにかかわったと思われる男を見つけました」

「まことか」

「はい。上尾の宿場で草鞋を売っていた婆さんが言っていた、頰に傷のある男です。どうやらその男も、悪事の後で早瀬の旦那に斬られたらしいのですが、一命を取り留めていて、早瀬を脅迫してきたのです。一緒に来ていただけませんか、住家《すみか》は突き止めています」

「よし」

十四郎は、立ち上がった。

九

一刻後、十四郎が藤七に案内されたのは、小名木《おなぎ》川沿いにある八右衛門新田《はちえもんしんでん》という農地に立つ小屋だった。

小屋は、三つあった。

明かりが漏れている小屋がひとつ、そして後の二つは、月夜に黒々と低い屋根を連ねていた。

三つの小屋は柴垣でぐるりと囲われていて、入り口は板戸になっている。

その戸に藤七が手をかけた時、細長い小屋に羽ばたきが起き、鶏の声が聞こえた。同時に異臭に気づいた。鶏の糞の臭いだった。

「誰だね」

灯の灯った小屋から女が走り出てきた。

おかよだった。

「おかよさんでしたね。私たちは万年町にある橘屋の者ですが、ひとつ巳之八さんにお聞きしたいことがございましてね」

「橘屋……何の用だか知らないが、関係ないね。帰っておくれ」

「そうもいかないんです。私はあんたが早瀬の旦那を脅していたのを聞きましてね」

「そ、それが、どうしたって言うんだい」

「調べているんですよ、桶川に向かった久米様が殺された事件を」

「……」

おかよが絶句した。

「巳之八さんの頬には傷がある。立ち売りの老婆が上尾の宿で、早瀬と待ち合わせしていたのを見ているんです」

「なんのことだか。帰っておくれ。ええい、帰れ」

おかよは、戸口にあった棒を掴んだ。

「待ちな」

奥から男の声がした。

「おかよ、入ってもらってくれ」

「ちっ」

おかよは舌打ちすると、十四郎と藤七を小屋の中に入れた。

暗い土間に行灯がひとつ、その男は土間に板を敷きつめたその上に筵を敷き、夜目にも汚れた布団の上で、壁に背をもたせて座っていた。

足は投げ出しているが、丸太のようで血が通っているとは思えなかった。

見渡したところ、これといった家財道具もなく、木箱の上に二人分の茶碗と箸が載っているだけの、いかにも貧しい暮らしである。

「覚悟は決めておりやす。あっしに何をお聞きになりたいんで……」

巳之八はきっぱりとした態度を見せた。

十四郎と藤七は筵の端に座ると、上尾の宿で久米総一郎を殺したのは早瀬ではないか、お前はそれを知っているのではないかと聞いた。

「それを聞いて、あっしを奉行所に突き出そうって算段ですかい」

巳之八は、意外にも腹の据わった目を向けてきた。

「そうではない。あの男にまんまと騙された女子がいてな」

十四郎は、巳之八の目を捉えたまま言った。

「女？」

「殺された久米殿の妻女、知世殿だ。覚えがあろう」

「……」

「俺たちが調べたところでは、早瀬は腹痛を装って久米殿を先にやり、あとから脇道を伝って先に上尾の宿に到着し、待たせていた三人と合流して、久米殿と丸紅屋の手代を襲った……違うか」

「……」

巳之八は、耐え切れずに十四郎の視線を外して、苦しそうな溜め息を吐いた。

「早瀬は奪った三百両をお前たちに先に江戸に運ばせて、自分は友人を殺された男を演じて、まんまと役人の目をごまかした……それればかりではない。御府内に戻ってきた早瀬は、久米の死は自分の失態だった、罪を償いたいなどと嘘を並べ、久米殿の妻女を囲い者にしたのだ」

「えっ……」

巳之八が顔を上げた。意外なことを聞いたという顔だった。

「あいつは、そこまでする野郎だったのですかい」

巳之八の顔に、新たな憤りが生まれたようである。

「知世殿を救うために参った。悪いようにはせぬ。話してくれぬか、お前が見たすべてを……」

「ちきしょう、許せねえ……旦那、あっしはね、息を吹き返したのも神仏のおかげと暮らして参りましたが、そうですかい、そういうことだったんですかい。すると、あっしがこうして生かされてきたのは、きっと旦那方に奴の悪事を伝えるためだったのかもしれません。何もかもお話し致しやす」

巳之八はそう言うと、一気にしゃべりはじめた。

それによると、一年前のことだった。

早瀬玄之丞から金の入る仕事が見つかった。出立は明日だが、お前たちは一足先に上尾の宿場で待っていてくれと巳之八は言われたのである。

早瀬は何年か前に、桶川の宿の紅花商人の用心棒をしていたと言い、あのあたりの地理に滅法《めっぽう》通じていた。

巳之八が早瀬と知り合ったのは博打場だが、あとの二人もあぶれ者のちんぴらだった。

殺し以外なら、金のためならなんでもやる連中だった。一人は増蔵《ますぞう》、もう一人は百助《ひゃくすけ》といい、二人とも無宿者だった。

巳之八も金が欲しかった。

目の前にいるおかよが洲崎《すさき》で女郎をしていて、その身請けのための金五両がなかった。

「金さえ奪ってくれれば、命はとらなくていい。動けなくしてくれればそれでいいんだ」

早瀬のそんな言葉を真《ま》に受けて、三人は早瀬と待ち合わせて、久米と手代を襲撃した。

しかし、三百両の金を奪い取った早瀬は、いきなり小刀を抜くと、久米と手代を滅多斬りにしたのであった。

「まるで地獄を見るようでございましたよ」

巳之八は震える声で言い、

「ところが、早瀬は江戸に戻ると、今度は俺たち三人にも金を渡すと言って誘い出し、ひとりひとり、殺していったのでございやす。増蔵は毒を飲まされて殺され、向島の荒れ地に捨てられやした。百助は賭場帰りを狙って斬り殺され、海に捨てられました。そしてあっしも、二人を殺したあと早瀬に酒を馳走になった帰りに斬られやして、大川《おおかわ》に投げ捨てられたのでございやす。ただ、あっしの場合は運よく助けてくれたお人がおりやして……この田んぼの主です。その人の情けに縋って、鶏を飼い、卵を売って、おかよを請け出す時に借りた金を返しているところでございやす……」

「巳之八、そのこと、証言してくれるな」

「……………」

「巳之八」

「分かりやした。あっしも医者にもう長くはねえなどと言われやしてね。この足の中が腐ってきているらしいんでございやすよ。それで死に土産に、おかよに金を残してやりてえ、そう思いやしてね。それで奴を脅して金を貰おうかと……」

しみじみと言った時、

「お前さん。ほんと言うとあたしはその気持ちだけでいいんだよ。それより、あんたの罪が軽くなるなら、その方が嬉しいじゃないか」

おかよは、巳之八の膝をさすりながら、

「うちの人はきっと証言をお引き受けいたしますから」

殊勝な女の顔を向けた。

「ねえ旦那……最後にあいつにひと泡吹かしてやりたい。それだけは目を瞑《つむ》っていて下さいな」

「そうか……分かった」

十四郎も笑って頷いた。

陽の目を浴びることなく生きてきた夫婦……だがその中に、人の真似のできない二人だけの愛情を、十四郎は見た。

おかよが、黒江町の小料理屋を出てきたのは、翌日夜の五ツ（午後八時）近くだった。

月は出ていたが、町の屋根は黒々として人の影もまばらである。

おかよの胸には三十両の金がある。早瀬玄之丞を脅してとった金だった。

おかよはそれを、大事そうに掌で押さえて、富岡《とみおか》橋を渡り、万年町を北にとり、仙台堀から小名木川まで一気に歩いて、そこからまっすぐ東に向かった。八右衛門新田はこの川の南側にある。

そのおかよを、黒江町から尾けてきた者がいる。早瀬だった。

その早瀬を、藤七が腕を組んで、黙々と尾けていく。

月は、三人の影を冷ややかに照らしていた。

おかよが住家の小屋についたのは、夜も四ツ（午後十時）になっていた。

「お前さん、今帰りました」

おかよが戸に手をかけた途端、後ろから早瀬が猛然と駆けてきて、おかよを突き飛ばして、小屋の中に入った。

「巳之八、生きていたとはな」

早瀬はいきなり刀を抜いた。

「二度殺すんですかい、旦那」

巳之八は、ありったけの勇気をふり絞って、きっと見上げた。

動きたくても投げ出した足は動かず、巳之八は傍《かたわ》らにおいてあった作業用の小刀を構えた。

「あんた！」

早瀬の後ろから、おかよが叫んだ。

「黙れ」

振り返ったついでに、早瀬はおかよめがけて斜めに振り下ろした。

だがその刀は、激しい金属音とともに撥ね返された。

十四郎が立っていた。

「何者！」

早瀬が叫んだ。

「久米殿の知り合いだ。お前の悪事はすべて知れている。知世殿のことを思えば、その腹を十文字に裂いても飽き足らぬが、お前を裁きの場に出してやる。それともなにかな、俺を斬って逃げるか……」

十四郎が冷笑を浮かべると、

「出ろ」

早瀬が叫んだ。

「よし」

二人は外に出た。

月は半月だった。

互いに飛びのいて構えたが、十四郎が足を開いて立ったその時、早瀬は天を突くように剣の切っ先を上げて飛びかかってきた。

まっすぐに落ちてきたその刃を、十四郎は躱《かわ》すと同時に、落ちてきた早瀬の腹を薙《な》いだ。

「ふん」

だが早瀬も、寸前のところでこれを躱し、今度は両足を踏ん張って刀をだらりと垂らして立った。

十四郎は、斜め上段に構えて次の攻撃を待つ。

早瀬が十四郎の右手に、回り込むように走った。

――来る。

と思った刹那《せつな》、早瀬の剣は下から十四郎の右の脇を狙って擦り上げられた。

十四郎は体を右後ろに引きながら早瀬の剣を止め、次の瞬間、早瀬の喉元に切っ先をぴたりと当てていた。

「何だ、もう終わったのか、十四郎」

歯切れのいい声を出して、金五と松波と同心、岡っ引が近づいてきた。

「早瀬玄之丞、久米総一郎と丸紅屋の手代殺害の罪で召し捕る」

松波が声を上げた。


「いろいろとありがとうございました。まずお墓に報告いたしまして、新しい住まいに移りたいと存じます」

知世は、迎えに来た梶平に付き添われて、見送りに出た十四郎とお登勢に頭を下げた。


早瀬玄之丞には獄門《ごくもん》の沙汰がおりた。

むろん小料理屋は取り上げられた。

そして巳之八は知世が嘆願書を提出したことで、罪を免じられて、引き続き鶏小屋で暮らせることになっている。

これから橘屋と三ツ屋は、巳之八の卵を使うことにすると約束したものだから、おかよの張り切りようはたいへんなものだった。

知世は一段落ついたところで、丸紅屋の帳面付けを手伝いながら静かに暮らすこととなったのである。

「暇な折には、種々《くさぐさ》の物語など記してみたいと存じます」

知世は恥ずかしそうに言った。

「知世様、お墓参りにこれを……」

お登勢は手ずから切った庭の白菊数本を、知世の手に握らせた。

「お登勢様……」

「今度こそお幸せに……」

知世は、深々とお登勢に頭を下げ、そして今度は十四郎に下げ、静かに背を向けると、橘屋を出ていった。

「知世様！」

万吉がごん太と飛び出した。

「これ、万吉！」

お登勢も表に走り出た。

その視線のむこうで、万吉が知世に別れを告げていた。万吉は行儀良く、知世に挨拶しているようだ。

「お登勢殿……」

十四郎がお登勢の後ろに立っていた。

「どうやらあいつ、改心したらしいな。風太郎と二人でお登勢殿に謝ったらしいではないか」

「ええ、今後気をつけます、なんて……大人びたことを……」

二人は笑った。

知世が何度も後ろを振り向き振り向き、頭を下げて帰っていく。

その手には、白い菊がしっかりと握られていた。

第三話　月の萩

一

「お登勢様……龍眼寺《りゅうげんじ》の萩《はぎ》が満開だそうでございますよ」

仲居頭《なかいがしら》のおたかは、お登勢の後ろにまわって帯を整えながら、柳島《やなぎしま》村にある萩寺の様子を伝えた。

龍眼寺は、庭に他の草木は一本も植えてはいない。一面の萩が風に揺れる寺である。

その光景は圧巻で、さながら萩の海だとも聞いているが、お登勢はまだ訪ねたことはない。

この頃は深川八幡のお祭りが終わったと思ったら、こんどは名月の宴があったりして忙しい。

「おたかさん、あなたは龍眼寺の萩を、見にいったことがありますか」

お登勢は襟元を整えながら、おたかに聞いた。

「ええ、若い時に一度……」

おたかは言ったが、すぐに、

「それにしても、このお着物もよくお似合いでございますね」

着付けを終わると、しみじみとお登勢の姿を眺めて言った。

お登勢は、裾に秋草の桔梗《ききょう》を配した利休白茶《りきゅうしらちゃ》小袖の着物に紺桔梗の帯をしめているのだが、襟から伸びた細い首、そして慎ましく、それでいて布にしなやかにおさまっている丸い腰が、匂うような色香を放っているのである。

「そんなお上手言っても、何も出ませんよ」

お登勢が笑ってくるりとおたかの方に向いた時、部屋の前に番頭の藤七が畏まっているのが見えた。

「お登勢様、『藤城屋《ふじしろ》』のおかみさんがお見えでございます」

「おらくさんが……珍しいですね」

お登勢は怪訝な顔をして呟いた。

おらくというのは、日本橋《にほんばし》にある呉服太物商《ふともの》『藤城屋』の内儀である。藤城屋は御府内では名の知れた大店のひとつだが、おらくは店の奥で「おかみさん」と崇《あが》められ、お大尽《だいじん》の女房として静かに暮らすような女ではなかった。根っからの世話好きで姐御肌だ。

商家の内儀ばかりを集めて、自身の名をもじった『お楽講』なるものまで作り、集めた金で旅に出たり、あるいは人気の役者を呼んでみたり、学者や戯作者《げさくしゃ》の話を聞いてみたり、はたまた火事で焼け出された人々のお救い小屋に寄付してみたりと、八面六臂《はちめんろっぴ》の日常を送っている。

お登勢とは茶の湯の仲間で、お登勢さん、おらくさんと親しく呼びあう仲である。

ただ、多忙なおらくが橘屋にやってくることは滅多になかった。

「こちらへお通しして下さい」

「いえ、それがお急ぎのご様子で、玄関に腰掛けてお待ちでございます」

藤七は神妙な顔で言った。

「何かしら……」

お登勢は、茶菓子をおたかに頼むと、急いで玄関に出た。

おらくは、上がり框に腰を据えて扇子を使っていた。

お登勢がお待たせしましたと傍に座ると、ぱたりと扇子を畳んで、

「お登勢さん、まずはこれをご覧下さいませ」

帯の間から折り畳んだ紙を取り出すと、お登勢の膝前に滑らせてきた。

「文ですか？」

お登勢が聞いた。

おらくはきゅっと口元を引き締めると、お登勢の目を捉えて頷いた。

「拝見します」

お登勢は膝を直して畳んだ紙を取り、静かに開いた。

紙は半切り半紙で、その上に乱れた字が走っていた。

お登勢はすばやく目を走らせると、

「これは……」

半紙から目を離して、おらくを見た。

文には、

『見張られております。外出もままならなくなりました。命の不安さえ感じております。たすけて……』

などとあり、文章もそこで突然途切れていた。

乱れた筆跡から、書いた者が緊迫した恐怖の中にいることが窺えた。

おらくは体を捩じってお登勢に顔を近づけると、扇子で口元を覆うようにして囁いた。

「この筆の主は、『伯耆堂《ほうき》』のおみわさんです」

「伯耆堂……唐物骨董屋《からものこっとう》の？」

お登勢は、おらくの扇子から耳を離すと、ちらりとおらくを横目で見た。

伯耆堂といえば品川町《しながわちょう》に店を持つ骨董屋だが、珍品で、しかも高価な品物を揃えていると評判であった。

「そう、あの伯耆堂のおかみさんです」

おらくは言い、扇子を畳むと、

「おみわさんも私の講仲間で、十日前に起きた事件でこの人も被害に遭った一人でしてね。あの日の帰りに雨になりましてね、おみわさんはお寒そうにしておいでだから、私の羽織をお貸ししたんですよ。それを今日女中さんに持たせて返してきたんですが、風呂敷を解いたら、畳んだ羽織の中にこんな物が入っておりまして……あなた、本当にびっくり致しましたよ。でもこの短い文ひとつでお奉行所に届け出る訳にもまいりません。仮に届けたところで調べてもらえるのかどうか。そこであなたに相談に参ったのです」

　思案に暮れた顔をした。

「おらくさん、これは、外の誰かに怯えているという話ではなくて、家の中のご亭主に恐れを抱いている。そういうことですね」

「おそらく……」

「……」

「お登勢さん、この文ですが、書きかけて途中で止めてしまっていますでしょ。それは、こういうことではなかったかと私は思います。つまりね」

　おらくはお登勢の方に身を乗り出すようにして、

「私を訪ねることもままならない、それで秘かにこの文を認《したた》めているところに、ご亭主か、あるいは店の誰かに見つかりそうになって止めた。それであわてて羽織に忍ばせて私に届けた……」

　お登勢の返事を窺うような顔をつくると、

「そういうことではないでしょうか」

　おらくは自信ありげな口調で言った。

「おらくさんは何かご存じですか、伯耆堂さんのご夫婦について」

「いいえ、おみわさんは私のようにおしゃべりではありませんからね。ただ、後妻さんに入った人だから、やっぱり苦労があるのではと思っていたのですが」

「後妻ですか。いつ、伯耆堂さんに？」

「三年前だったと思います」

お登勢は頷いた。だがすぐに矢継ぎ早に聞いていく。

「伯耆堂さんは前のおかみさんとは死に別れだったのですか、それとも生き別れだったのでしょうか」

「死に別れだと聞いています」

「死に別れですか……だったら難しいものがありますからね。二人の暮らしが形を成すまで、若い初婚の者同士のようにはいきません。時間がかかりますからね」

お登勢は呟くように言う。

橋屋に駆け込んできた女の中にも、妻を亡くした男の後妻に入ったが、ことごとくうまくいかずに離縁となった者がいる。

一度所帯を持った者との結婚は、それまでの暮らしの慣習が染みついている分、つまらぬところで譲れずに、果ては離縁になることが多々あるのである。

まして一方が死に別れなら、心の底から寄り添うまでになるのは難しい。相手を亡くして再婚した者の胸の中には、いつも亡くなった者の思い出が離れずにいるからだ。

それも、死んだ相手との思い出は、睦《むつ》みあったことばかりで、喧嘩をし、憤りをぶつけあったことなどは記憶の彼方に追いやられてしまっている。

連れ合いを亡くした者が、新しい再婚相手と心底寄り添うことは難しいと言っていい。

相手が再婚なら、そういう状況に置かれることを踏まえた上で、一緒になるべきなのだ。

お登勢は、ひょっとしてこの手紙の主も、そんなところで夫との確執を生み、苦しんでいるのではないかと思った。

だが、おらくはすぐに、

「でもね、お登勢さん。あの家は以前、講のことでお訪ねした時には感じなかったぴりぴりしたものがこの頃はあるのです。あんな事件のあとですからね。こちらも気にして、ちょっと立ち寄ってみたんですよ……そしたら応対に出てきた番頭さんは取り次ぎもしないで『おかみさんはお体がすぐれず臥せっておりますから』なんて言うんですね。ではお見舞いをさせて下さいと申しますと『ご遠慮申します』と、まあこんな具合で、木で鼻を括ったような言い方で、いくらなんでも私もカチンときましてね。気分を悪くして帰って参りました。でもね、じっと考えますと、まさかとは思いますが、あの事件でとられたお金のことで、おみわさんのご亭主は私に良くない感情をお持ちなのかと、それで私に会わせないようにしたのかとそんなことまで考えてしまいまして」

「あの事件というのは、十日前の……」

「ええ、そうです。まだお奉行所もなんの手掛かりも摑んでないらしく、いまだにお店に事件当日の様子を聞きに参ります」

おらくは眉をひそめて言った。

その事件というのは十日前の夜のことだった。

柳橋の南袂にはいくつかの有名な貸し茶屋があるが、おらくはその一つ『梅《うめ》鉢《ばち》』という茶屋の座敷をその晩借りた。

梅鉢には一階にも二階にも座敷はあるが、おらくが借りるのは、いつも離れの一室だった。当日もむろんその離れを借りた。

講の仲間は総勢十名、皆、商人の女房ばかりで、毎回美味しい料理を注文して、酒も飲み、時には歌まで歌ったりして楽しんでいる。

人の目を気にせずに言いたいことを言い、食べたい物を食べ、命の洗濯をしているのである。

ところが十日前のその晩は、講にとっては特別の日で、お伊勢《いせ》参りをかねて上方を見物しようという計画があって、そのための最後の掛け金として一人あたり十両が集められた。

皆お伊勢参りへの夢を酒の肴にして、ほろ酔い加減となった頃、突然覆面をした賊が侵入し、集められた掛け金百両と、それぞれが持参していた財布が奪われてしまったのである。

「賊は三人組で、一人は刀を差していましたからお侍でした。分かったのはそれだけで、でもまあとにかく、命あってのものだねですからね。有り金全部渡してしまったんです。くわばらくわばら。それが事件のあらましです」

おらくは身震いしてみせた。

「その賊、どうして、お楽講のことを知ったのでしょうね。しかも多額の掛け金を出し合う日だということまで……」

「まったく、どこに災難があるか分かったものではありません。ただ、私などは命あってのものだね、なんて開きなおって、亭主にだって文句を言わせやしませんけど、中には、そんな恐ろしい話を聞いたら、いい顔をしないご亭主だっているこことでしょう。でもねお登勢さん、それで女房を監禁するなんて許されていい筈がありません」

おらくは憤懣《ふんまん》やる方なさそうに言い、また扇子を広げて襟元に風を入れた。

「私、近頃感情が昂《たか》ぶるだけで汗が出てくるんです。お医者様は血の道だっておっしゃるんですが……」

おらくは、様々説明している間に、おたかが運んできて置いていった緑茶を口に含むと、また扇子を忙《せわ》しなく使った。

「おらくさん、この手紙の文字は、おみわさんの手に間違いございませんね」

お登勢は念を押した。

「ええ、それは……。でも大事がなければよろしいのですが、命をとられては後の祭りでございますから、お登勢さん、これこの通り、お力添え下さいませ」

おらくは扇子を閉じると、その手で拝むような所作《しょさ》をした。

「困りましたね。おらくさんでさえ追い返されてしまう伯耆堂さんに、私は橋屋と申します、縁切り寺の御用を務めておりますと、訪ねていくわけにも参りません。かといって、外からでは家の中のことは分かりませんから」

「分かりました。こうしましょう。おみわさん付きの女中さんがいます。お梅《うめ》さんていうんですが、あの子に聞けば、事情が分かるかもしれません」

おらくはそう言うと、善は急げですからなどと呟いて、そそくさと橘屋を出ていった。

二

おらくの手引きで伯耆堂の女中お梅が三ツ屋に現れたのは、翌日昼の八ツ頃だった。

「お梅と申します」

塙十四郎とお登勢の前で、お梅は身を固くして頭を下げた。

歳の頃は二十を過ぎたばかりかと思われる。色が黒く、弾けるような肌を持つ娘だが、橘屋の女中お民に感じのよく似た娘だった。

お梅は、部屋の隅に遠慮がちに行儀良く正座すると、

「あの、私、すぐに引き返さなければなりません。番頭さんに時間を切られて出てきました」

と口ごもる。

「そうか。お前も見張られているのか」

塙十四郎は、怯えたお梅の顔に問いかけた。

「はい。藤城屋さんから私に使いが参りまして、口実をつけてこちらに参るようにと……それで私の実家の母が病に倒れたと嘘をついて、ようやく出してもらいました。なにしろ私は、おみわ様が伯耆堂に後妻さんに入る時に、おみわ様のご実家から一緒についてきた女中ですから、おみわ様と同じように見張られています」

「ほう、すると何か……おかみさんの実家も商家なのか」

「はい。でも、もう潰れましたが」

「潰れた……」

十四郎は、お登勢と顔を見合わせて、

「おかみさんの実家はどこかね」

「日比谷町《ひびやちょう》にありました薪炭《しんたん》問屋の『森元屋《もりもと》』が、おみわ様の実家でございました」

おみわの父親政之介《まさのすけ》は、借金をした友人の保証人になっていた。ところがその友人が多額の負債を残したまま欠落《かけおち》し、森元屋は有り金全部差し出して、それでも足りずに店を手放してしまったのである。

明日は店を先方に渡さねばならない、皆で別れの膳を囲んでいた時のこと、伯耆堂の後妻の話が舞い込んだ。

伯耆堂の主市兵衛《いちべえ》が、おみわを貰えるなら多額の結納金を出してもいいと人を介《かい》して言ってきた。

その金があれば、すくなくとも路頭に迷うことはない。再起を図ることもできる。

おみわは家族の将来を救うために、市兵衛の後妻に入ったのだった。

市兵衛は女中のお梅が見ても、何を考えているのか分からない怖さがある人だった。

後妻に入ったおみわも、娘の頃には考えられないほど最初から市兵衛に遠慮して暮らしている。

市兵衛は時々買い付けのために遠くまで足を伸ばして家に数日帰ってこない時

がある。そんな時のおみわの顔が、晴々としているのを見るにつけ、お梅はおみわの身が気の毒でならないのであった。

お梅はそこまで一気に話すと、大きな息を吐いた。その息が震えていて、お梅の緊張が分かろうというものである。

「お梅、おかみさんが二六時中見張られるようになったのは、つい最近のことだな」

十四郎が尋ねると、お梅はこくんと頷いて、指を折って数えていたが、

「九日ほど前からです」

「九日ほど前というと、お楽講で押し込みに遭ってまもない頃ですね」

お登勢が聞いた。

「はい」

「まさかその時に奪われた金のことを亭主に咎められて怯えている訳でもあるまい……」

聞いたのは十四郎だった。

「あの……」

お梅は、思い出したように口ごもって、

「私、弥助《やすけ》さんから、伯耆堂の旦那は怖い人だ、あんな店に長くいない方がいいって言われているんです」

と言う。

「弥助とは何者だ」

「前のおかみさんがいらした頃から、植木職人として伯耆堂に入っていた人です。今のおかみさんと私が伯耆堂に参りました後も顔を覗かせたことがあって、それが縁で私、いまは時々弥助さんと会ってるんですが……」

お梅は頬を赤く染めて俯いた。

どうやら弥助とお梅は、いい仲になっているらしい。

「ふむ。して、怖い人というその訳は聞いてはおるのか」

「聞きましたけど、聞けばお前さんは恐ろしくなって顔色に出る。だから知らない方がいい、そんなことを言って弥助さんは教えてくれないんです。ですから恐ろしい話の中身は知りませんが、そんな話を聞いた以上、本当は私、あのお店、辞めたいんです。でも、おみわ様のことを思うとできません」

「……」

お梅は、なぜ、おみわが見張られるようになったのか、またおみわの怯えの原因は何なのか、核心部分についてはなにも分かっていないようである。

とはいえ、おみわがおらくに寄越した手紙からは、安閑としてはおれない切羽詰まったものが窺える。

――おみわ本人に会う手立てがあれば……。

十四郎が思案の目をお梅に向けると、お梅はそれを察知したように口を開いた。

「番頭さんのおみわ様への監視は徹底しています。厠に行くのだって遠くからじいっと見ているような状態です。もちろん外出は禁止されてますから、おみわ様がなにか外に用事がある時には、私が代わりに参ります。ただ明後日、向島の泉《せん》永寺《えいじ》の池のほとりで野点《のだて》がございます。お得意様を招待して毎年行っている秋の催しですが、その宴では、伯耆堂のおかみさんがお茶を振る舞うのが慣例となっておりますから」

「外出するのか」

十四郎は、身を乗り出した。

だがお梅は、そうは言ったものの、

「でも、だからといって、監視の目が家の中から外のお寺に代わっただけだと思います。やっぱり会っていただくのは無理でしょうね」

消沈《しょうちん》して首を垂れた。

「いや、そんなことはないぞ、お梅」

十四郎はきらりと目を輝かせて、お登勢と顔を見合わせた。

十四郎が、慶光寺寺役人の近藤金五と一緒に北町奉行所の与力松波孫一郎の役宅に会いに行ったのは、翌日の夜のことだった。

松波は、膝に息子の吉之助《きちのすけ》を抱き、にこにこして迎えた。

橘屋の御用の向きでやってきた時には見せたことのない柔らかな表情をしていた。

いつのまにやら松波は、十四郎にもない、金五にもない、父親の顔を持っていたのだ。

「ずいぶん大きくなったじゃないか、いくつだ」

金五が吉之助の顔を覗いた。

ぴしゃり――。

小さな手が、金五の頰を叩いた。

「これ、吉之助、おいたをしてはいけません」

茶を運んできた妻の文代《ふみよ》が吉之助を、めっと軽く睨んで注意を与え、金五には茶を差し出しながら、

「申し訳ございません。歩くのが面白いらしくて目を離すと危なくて……それでわたくしが傍にいられない時は、夫の膝にしばりつけるようにお守りをお願いしているのですが、何にでも興味を示して、触ったり叩いたり、もうたいへんでございます」

文代は、息子のいたずらを困ったものだと言い訳しながら、その実、息子の成長を自慢しているのであった。

「なに、俺は子供が大好きだ。吉坊にならいくら叩かれても嬉しい。なっ、吉坊、来るか」

金五が手を伸ばすと、吉之助はくるりと松波の方を向き、その肩に取り縋るようにして、顔をしかめて泣き出した。

「あらあら、金五のおじさまが、せっかく抱っこして下さるっていうのに、さあ、こちらにいらっしゃい」

文代は吉之助を抱き取ると、夜は女中もいなくて、お構いもできませんがごゆっくりと挨拶し、まだ泣きじゃくっている吉之助を抱いて、部屋を引き下がって

いった。

「近藤さんの奥方はまだしるしがないのか」

松波は、二人に座を勧めながら、金五にまだ妻の千草に妊娠の兆候はないのかと聞いた。

「まだだな。早く欲しいのだが、これぱっかりはな」

「なあに、そのうちにできるよ。うちだって五年目だったからな。焦ることはない」

松波は金五を慰める。

十四郎は、胸にかすかに秋風が立つのを覚えた。

自分も所帯を持っていれば、いまの話に仲間として加わっているに違いない。

ふとそう思うと一抹の寂しさに襲われたのである。

「おっと、そんな話より何ですか。二人顔を揃えて私の家を訪ねてくるとは……」

松波は、ひとくち茶を喫して茶托《ちやたく》に戻すと、十四郎と金五を改めて見た。

「松波さんは、十日ほど前に、柳橋の袂にある梅鉢で起きた事件をご存じですか」

十四郎も、茶で喉を潤わせてのち聞いた。

「梅鉢……ああ、押し込み強盗の……知っていますよ」

「その事件、そちらで分かっているところを、少し教えていただきたいのです」

十四郎は、強盗に遭った内儀の一人が、事件を境にして怯えて暮らしていることを松波に告げ、しかもその怯えは亭主に向けられたもののようで、内儀は監禁状態という不可解な状況にあるのだと、これまでのことを説明した。

伯耆堂の夫婦の上に破綻《はたん》の危機が迫っていることは確かだ。

十四郎は、押し込みの一件と夫婦の危機は無縁ではないと考えていることを金五にも相談した上で、二人でこちらに伺ったのだと告げたのだ。

「分かりました」

松波は、頷いてから「実は……」と膝を乗り出した。

松波の話によれば、お楽講のような女たちだけで作る無尽講《むじんこう》は、近頃ではずいぶんと増えているのだという。

昔は『悋気講《りんきこう》』などと称して、妻たちが夫やその情婦を罵《ののし》って憂さ晴らしをすることが、上方などでも盛んだったことがある。

井原西鶴《いはらさいかく》の作品の中にも『こよひもまた長蠟燭のたち切るまで悋気講あれかし

……』などと書かれているのだと、松波は学のあるところを披露した。女たちの集まりは、十九夜、二十一夜、あるいは月待ちの講などと、数え上げれば切りがない。

十日ほど前の事件は、そんな女たちの安逸な風潮の隙をついたものといっていいと松波は長い前置きをして、

「三人の覆面男たちは、いい気分になっている女たちの座敷に押し入って、刃物をちらつかせて女たちを一か所に集めると、財布ごと皆の金をかき集め、用意してきた布の袋にほうり込んだ。あっという間の早業だったと聞いている」

俄かに顔を引き締めて言った。

「手引きした者がいるな」

十四郎が呟いた。

「私もそう思います。あの事件は、あの日のあの時刻に、梅鉢の離れ座敷でお楽講があり、しかもそこで大金を集めるという内情を知った者の犯行です」

松波も相槌を打った。だがすぐに、

「ただ……」

松波は難しい顔をつくった。

「見当はつけても、調べはいっこうに進んではおらぬのです。立ち往生している状態です。なにしろ、お楽講があの日あそこで行われることを知っている者たちの犯行だとすると、調べる対象となる者たちは大勢いる。梅鉢の店の者、それから講に料理を提供した小料理屋『あけぼの』の者、そしてそれぞれの家族と、際限なく広がりましてな」

「いったい財布の金は全部でいくらとられたのだ」

金五が傍から口を開いた。

「事件のあとで、ひとりひとりに財布の中身を聞いています。細かい数字は忘れましたが、おおよそ五十両余りだと聞いています。他に、当日の料理代として一人一両集めていたようですが、それもやられています」

「一両の料理とはな……まったく、贅沢な話だ」

金五は舌打ちし、

「大金をとられたからといって、同情も起きぬな」

辛い顔をした。

「近藤さん……」

松波は口辺にちらりと苦い笑みを浮かべて、金五の言葉を制すると、

「そんな訳で、掛け金が百両、それぞれの財布の金が五十両、そして別途に集めていた料理代が十両、合計百六十両ほどが、あっという間に奪われたということです」

「百六十両か……はて三人は梅鉢を出ると、どっちに逃げた？　実見した者もいたのじゃないかな」

金五は苦虫を嚙みつぶしたような顔で聞く。

「おりました。店から外に出てきた賊を見た者は何人もいました。賊は三人、柳橋の袂にある河岸に舟を繫《つな》いでいたようです。それに飛び乗って隅田川に逃げた。ただその先はまだ調べがついておりません」

「賊の人相風体《ふうてい》は？」

今度は十四郎が聞いた。十四郎はお登勢から、賊は覆面をしていたが、一人は刀を差していたと知らされている。

「一人は目の鋭い着流しの武士だったらしいですな。あとの二人は町人だったというのだが、二人とも似たような背丈体つきだったようです。一人は茶弁慶の着物を着ていたそうです。そしてもう一人の町人は、紺の濃淡のかわり縞の着物を着ていたようです……手掛かりといっても今のところは、それぐらいですか」

苦々しい顔で松波は言った。

三

野点《のだて》の会場となった泉永寺は、小梅《こうめ》村にあった。近隣には有名な料理屋や茶漬け屋があり、春は桜、秋は紅葉と行楽客が行き交う場所でもあって、泉永寺には結構な数の客が足を運んできてくれていた。

十四郎はお登勢と客を装って寺に入り、伯耆堂の催しをざっと見て回った。

寺の中には、青い毛氈《もうせん》を敷いた部屋に、到来物の珍しい壺や茶碗、それに金箔《きんぱく》銀箔《ぎんぱく》を施《ほどこ》したもの、螺鈿《らでん》細工のもの、瑪瑙《めのう》細工の仏様、青磁《せいじ》白磁《はくじ》の逸品など、目を奪われるような品々が展示されていた。

招待を受けた客は、これらの商品を見て回り、庭の池のほとりに仕立てた野点の席で茶を喫して一服する。

別室では軽い食事もできるようになっていた。

伯耆堂が力一杯その存在を示しているように見受けられた。

十四郎とお登勢は、品物を見定めているふりをして、注意深く伯耆堂の者たちを観察していた。

まず主の市兵衛だが、低い物腰、注意深い物言いなど、さすがは世慣れた商人と言いたいところだが、何かの拍子にちらと見せる鋭い視線には、底知れぬ不気味なものがあった。

番頭の与次郎《よじろう》はというと、接客をしながらも、その視線は常にお梅と、お梅がつき従っているおみわに注がれている。

肝心のおみわは、十四郎たちには気づかないふりをしているが、野点の毛氈の上で、薄い緑色の着物に茶の色がかった黒っぽい帯を締め、帯には赤い袱紗を挟んで待機していた。

お登勢の合図ひとつで、おみわは女中のお梅ともども、この寺を脱出する手筈になっている。

話は昨夜に戻るが、実は松波の家を辞した十四郎と金五は、いったん橘屋に立ち寄った。

そこでお登勢に、梅鉢での事件のあらましを話したのだが、お登勢は例の文を開いて二人の前に置き、町方の悠長な探索の結果を待つ時間はないと力説した。

「しかし、どうするというのだ。人伝《ひとづて》に聞いただけの話で橘屋が動く訳にはいかぬぞ。だいたい駆け込みは本人がここか慶光寺に駆け込んできて初めて一歩を踏み出すもの。本人が頼みもしていないことに手を貸すのは、少しお節介すぎはしないか」

　金五は苦言を呈したのである。

「近藤様、これは訴えとはいわないのですか」

　お登勢は、ついと、開いた文を金五の方に寄せた。

「お登勢、怖い顔をするな」

　金五は、ふっと苦笑して見せた。いつだって金五はお登勢から理詰めで言われると返す言葉がなくなるのだ。

　お登勢は、金五に厳しい目を留めて言った。

「駆け込むことが叶わないから文で訴えているのですよ、近藤様……文で訴えたものは、訴えとしての体裁を成していないかというと、そうではないでしょう。お上だってそうでしょう。たとえば地方の百姓が、大名や幕府の要人の駕籠の前に訴え出る。駕籠訴《かごそ》ですが、これだって立派なひとつの訴えの仕方です。是か非かは別にして、お上《かみ》はこれを放っておきますか……そんなことはありません、調べます。女の駆け込みだけが、文じゃ駄目だなんて、おかしいじゃありません

「だって、そうでございましょ。見て見ぬふりをして、ひょっとして殺されるかもしれませんよ。殺されるまで知らぬ顔の半兵衛を決め込むのですか。それでよろしいのですか」

お登勢は、金五の言葉に納得しなかった。

女が寺に駆け込むにはたいへんな勇気がいる。

まして夫から常々暴力を受け、あるいは脅しの言葉を受けている者は、それらの言動は鎖となって自分を縛っているようにさえ感じているものなのだ。

お登勢にしてみれば、一度、どうしてもおみわ本人の口から話を聞いてやりたいのであった。

「お登勢……」

「本人がやはり結構ですと言うのであれば、それはそれ、そこで手を引けばよい。

「わたくしはお梅さんから、明日向島で伯耆堂さんの催しがあると聞きました。おみわさんも野点で接客するために、この日は寺に赴きます。この機会をうまく利用したいと考えています」

お登勢は隙を見て、おみわを寺から連れ出す計画を二人に明かしたのであった。

十四郎はお登勢に同調したが、金五は立場上向島まで出向くのは控え、寺で待機することになったのである。

ただ、この話はお梅に伝えたものの、当のおみわの意思は確かめていなかった。

そこでお登勢は、頃合を見て合図を送るが、気が変わって駆け込みは止めたいというのであれば、そこでおみわの意に従って中止すれば良いことになっていた。

その合図とは、野点の席の傍を通りかかったお登勢が、うっかりして扇子を毛氈の上に落とす。

おみわがそれを拾ってお登勢に渡せば、よろしくお願いしますという意思。扇子を拾いもせずに、無視した時には、駆け込みはしないという意思。お梅にはそのように説明してある。

「お登勢様……」

橘屋の店の若い衆が、お登勢の傍にやってきて、それだけ伝えると寺の外に駆け戻った。

藤七が船着き場で屋根船を用意して待っているという合図だった。

「お登勢殿、始まったぞ」

十四郎が一方の広場を見た。

先程まで幔幕《まんまく》が張られていたが、いよいよこれから三河万歳《みかわまんざい》の余興が始まるらしい。

三河万歳というのは、三河国から毎年正月に江戸にやってきて、大名や旗本、大店の商家などで、鼓《つづみ》を打ち鳴らしながら万歳歌を披露する者のことをいうが、催しのこの日を特別の日、次の一年に繫げる日として、伯耆堂はわざわざこの日に呼び寄せているらしいのである。

案内があって、人々は万歳を披露する広場に集まり始めた。

お登勢は十四郎に頷くと、庭を眺めるふりをして、野点の席に近づいた。

するりと扇子を毛氈の上に落とした時、近くで番頭の与次郎が見張っていたのに気づいた。

一瞬、お登勢は息を吞んだ。

それほど与次郎の目には、ねっとりとして、暗く鋭いものが感じられた。

――はて……。

お登勢が平静を装ってそこを過ぎようとしたその時、

「もし」

おみわの声がかかった。

お登勢が何気なく振り返ると、おみわはさっと扇子を拾って、

「今これを落とされました」

お登勢の手に扇子を渡した。

「ありがとうございます。気がつきませんでした」

お登勢が頭を下げると、おみわは思いを込めた目で、お登勢に頷いてきた。

――これでいい。

お登勢はそこを離れると、人々の集まっている場所に移動した。

おみわはそれを見て立ち上がると、お梅を呼んだ。

お梅は頷いて、番頭の与次郎のもとに走り、

「皆さんが興じていらっしゃる間に、厠に行きたいとおっしゃっています」

おみわの意を伝えた。

「分かった。万歳が終わるまでに戻るように。よろしいな」

与次郎は、横柄な口調で言った。まるで主のような口ぶりである。

「分かっています」

お梅が怯えた顔で頷くと、

「まったく、世話が焼けるお人だ」

などと舌打ちして、自身も万歳の場所へと向かった。

厠と聞いて安心したのか、自分も少し万歳を覗きたくなったらしい。

「おみわ様」

お梅はおみわを促すと、広場を突っ切って寺の厠に向かった。だが角を曲がったところで、おみわの手を引っ張って一気に表に走り出た。

「こちらです」

橋屋の若い衆二人が待ち受けていて、おみわとお梅を船着き場まで案内した。

「早く」

藤七が声をかける。

その時であった。

「待て！……何をする」

番頭の与次郎が、臨時に雇っていた若い者二人を従えて走ってきた。

だが、船着き場手前で与次郎はつんのめるように止まった。行く手を塞がれたからである。

「おかみは橋屋で預かる。主に伝えておけ」

与次郎たちの行く手を遮ったのは十四郎だった。

「野郎、なにしやがる」

勢いに任せて若い者が匕首を引き抜いた。だが、その間に船はおみわとお梅を乗せて離れていった。

「さあ、どうする……怪我をしたければかかってくるがいい」

十四郎はぐいと与次郎の顔を睨んだ。

「ひ、引け」

与次郎は金切り声で命令し、あたふたしながら寺の方へ駆け戻った。

やがて、与次郎たちが走り去ったその道に、ゆったりと歩いてくるお登勢の姿が見えた。

四

「間違いなく、これはわたくしが書いたものです」

おみわは、おらくが持ち込んだ例の文をお登勢に見せられると、恥ずかしそうに頷いた。

おみわが、藤七に付き添われて船で隅田川から仙台堀に入り、海辺橋の袂で下船し、そこから歩いて一気に橋屋に駆け込んだのは一刻以上も前のこと。十四郎とお登勢が追いかけるようにして、こちらは猪牙舟を使って帰ってきた。

そしてすぐにお登勢は、お民に言いつけて金五を呼びに慶光寺にやった。

金五はすぐにやってきた。なんだかんだ言っても、やはり案じながら知らせを待っていたようである。

お登勢は金五の顔を見ると、既にあてがわれた部屋で休息していたおみわとお梅を、仏間に呼んだ。

むろん、十四郎が始終お登勢の傍にいるのは言うまでもない。

おみわは、傍に付き添うお梅をちらと見て言った。

「まさか、おらくさんがこちらに持ち込んで下さるとは思ってもいませんでした。ただ、恐ろしくて……番頭さんの目を盗んで書きなぐり、こちらのお梅に持たせた羽織の中に忍ばせたのですが……」

皆さまのお陰で助かりましたと、おみわは改めて手をついた。

「おみわさんは、ご亭主市兵衛さんと離縁したいと考えていた。でも監禁状態にあり、また夫に恐怖も感じていて行動に移せなかった。わたくしはそのように察しましたが、それでよろしいのでございますね」

お登勢は、まず静かに聞いた。

おみわは声こそ出さなかったが、しっかりと頷いた。

お登勢は正直、自身の勘が外れていなかったことで、ほっとしている。

夫が亡くなり、御用宿を継いで久しいが、今日のような強引なやり方で駆け込みに手を貸したのは初めてだった。

金五の懸念していたように、間違いでしたで済む問題ではなかった。

お登勢は、おみわの目をしっかりと捉えて聞いた。

「では、なぜ恐ろしい思いをしていたのか、なぜ監禁状態に置かれていたのか、それをお話し下さいませ。あなたのおっしゃったことが偽りや妄想で真実ではないとなれば、慶光寺に入るのは難しいと思って下さい。わたくしたちは真実を確かめて、その上で、女の人たちをお救いしているのです」

「偽りなど、とんでもございません」

おみわはすぐに否定し、

「順を追ってお話し致します」

大きく息を吐いて語り始めた。

それは、梅鉢で押し込み強盗に遭った二日後のことだった。

伯耆堂の市兵衛は、根岸《ねぎし》に古びた別荘を持っている。

茅葺《かやぶ》きの鄙《ひな》びた感じのする家で、近くに住む隠居の仁平《にへい》という爺さんが、通いで別荘の管理をしてくれているのだが、その仁平爺さんが風邪で寝込んだとおみわは聞いた。

そこで、別荘の様子を見に行く帰りに、仁平の家に見舞いに立ち寄ろうと考えていた。

なにしろ仁平は天涯孤独の独居老人、食べるものも食べず、寝込んでいるかもしれないと思ったからだ。

ところが、おみわが別荘の木戸をくぐると、裏庭で人の気配がする。

そろりそろりと回ってみると、なんと仁平が元気になって庭の草をむしっていた。

「仁平……」

おみわは驚いて呼びかけた。

「これはおかみさん。あっしが風邪で休んでいる間に、あっという間に草が生えまして」

仁平は、はこべの根っこと格闘しているようだった。

「体はもうよいのですか。無理をしてはいけませんよ」

「ありがとうございやす。なあに、歳はとっても根が元気でございますからね。ご心配には及びません」

「それならよろしいけれど、お前に何かあったら困ります。ここの管理はお前がきちんきちんとしてくれて、それで傷《いた》みもすくなくてすんでいるのですからね」

おみわは言い、玄関に回って上にあがろうと踵を返すと、

「おかみさん」

仁平が呼び止めた。

「ちょっとこちらをご覧になって下さいまし」

仁平はおみわを庭の隅に案内し、真新しく掘り起こされた土と、焼け焦げた布切れのような物が散乱しているところを見せた。

「これは……」

「おかみさんがご存じないとすると、やっぱりここで何かを燃やしたのは旦那様でございますね」

仁平は、土の上に見えていた布の切れ端を引っ張りだした。

形も色も変わってはいるが、模様や材質は分かる。それは布ではなく革の端くれだった。

「これは印伝《いんでん》の……」

財布……と言葉を続けようとしたが、呑み込んだ。

突然に震えがきた。

紛《まぎ》れもなくその印伝の財布の紋様は、藤城屋の内儀おらくのものだったのだ。

おみわは、急いでそこにしゃがみこむと、素手で夢中で土を掘り返した。

「おやめ下さいませ、お手が汚れます」

仁平の声を振り切って、おみわは憑《つ》かれたように土を掘った。

出てくる出てくる。あの日、押し込み強盗に奪われた講仲間の財布の燃え残りが、いくつも出てきた。

仁平には分からないが、おみわには、これがどんないわくのある布の端切れなのか分かっている。

——押し込み強盗一味は、あろうことかこの庭で、奪ってきた財布の中身を抜き、後に証拠となる財布を燃やしたのだ。

そこまで考えて、ここでこれを燃やした者は、旦那様じゃないかと言った仁平の言葉におみわは突き当たった。

俄かにおみわの胸に不安が広がった。

「仁平、なぜ旦那様がここに来たのだと思うのですか。あの人は滅多にここには……」

「煙管《キセル》が縁側に落ちていたのです」

「煙管……」

「お待ち下さい」

仁平は言い、縁側に歩み寄ると、手拭いに包んで置いてあったものを引き寄せて、開いて見せた。

市兵衛愛用の銀の煙管だった。

吸口と雁首が銀でできているが、そこには龍の彫り物が施してある。彫達《ほりたつ》という彫師に特別に注文したものであった。

「旦那様が最近立ち寄られて、その時ここで、うっかりして落としていかれたのではございませんか」

仁平は他には考えられないと言い、

「旦那様にお渡し下さいまし」

煙管をおみわの手に渡した。

「お登勢様……」

おみわはそこまで話すと息を整え、

「私は店に戻りまして、その煙管を夫に渡しました。別荘で仁平から預かったと……」

「どうしました、市兵衛さんは」

お登勢は息を詰めて、おみわの次の言葉を待った。

「顔色が変わっていました」

「………」

「私の顔をじっと見て、そうか、仁平の風邪は治ったのか、それは良かったと……」

市兵衛はそう言うと黙って煙管を、いつものように天鵞絨《ビロード》の布切れで磨き始めた。

一言も発せずに、何かを思案しているように磨き続ける市兵衛の動きに、おみわは少なからず不安を覚えた。

長い沈黙に耐え切れずに、おみわが膝を起こすと、

「待ちなさい。何を知った？」

刺すような視線を市兵衛は投げてきた。

僅かな動揺も見逃さないぞといった冷徹な目をしていた。

おみわは咄嗟に、言葉を返すことができなかった。ただ市兵衛の顔が恐ろしくて、いやいやをするように首を振って立ち、急いでその部屋を出た。

その夕刻から、番頭の与次郎による監視が始まったのである。

「すると何かな。お内儀はご亭主が押し込み強盗に関係しているのではないかと、そう疑っているのですな」

金五が言った。おみわは暗然とした顔で頷いた。

夫から心が離れたとはいえ、おみわにとって市兵衛は夫であることに変わりはない。その夫が押し込みの仲間かもしれないと疑うやるせなさは、筆舌《ひつぜつ》に尽くし難いものがあるだろう。

おみわの表情には、そんな複雑なものがちらりと見えた。

おみわは、意を決するようにして言った。

以前から、亭主の言動の節々に、背中がぞくっとするような違和感を感じていたと――。

それは説明のしようもないのだが、

「もしかすると、先妻のお品《しな》さんが不可解な死を遂げたと知ったからかもしれません」

おみわは怯えた目を上げた。

その先を話そうかどうか迷っているように、お登勢には思えた。

「お話し下さい、なにもかも……」

お登勢は促した。誰であれ、家の中のことを漏らすのは、自慢話でない限り二の足を踏む。しかし、縁切りの裁定を下すためには、その恥ずかしい部分こそ、根こそぎ聞いておきたいことなのだ。

「これは、私が伯耆堂に入ってまもなくして店の者たちに聞いたのですが、お品さんという人は、ずいぶん遠くの江《え》の島《しま》弁財天にお参りに行って、崖から転落して亡くなったというのです」

「崖から……一緒に行った者の話なのか、その話……」

十四郎が口を挟んだ。

「いいえ。お品さんはお一人でお参りに行ったということでした」

「確かにそれは、妙な話だな。江の島は一泊二日の旅だ。あれだけの店のおかみが遠出をするのに、一人でやるとは考えにくい」

「ええ。ですから私も一度聞いたのです。どうしてお一人でやったんですかと……そしたら恐ろしい顔で叱られました。余計なことに首を突っ込むんじゃないと……」

「ふむ……」

「夫から急激に心が離れていくのが分かりました。それからです。夫の私を見る目が厳しくなったのです。特に別荘に落ちていた煙管を渡してからは、まるで囚《とら》われの身のような暮らしになってしまいまして、なんとなくですが、私も前の人と同じような運命をたどるのではないかと……」

「離縁を望んでも口にするのさえ恐ろしかった、そういうことでございますね」

お登勢は念を押した。

「はい」

おみわは、小さいがはっきりした声で言った。だが、ふと気づいて、

「あの人はきっとここにも押しかけてきます。誰かを使って、きっと……」

恐怖にとりつかれた青白い顔をして、不安な目を泳がせた。

五

「お登勢様……お登勢様」

　表を掃いていたお民が、箒《ほうき》を持ったまま玄関に飛び込んできたのは翌日のことだった。

　ちょうど泊まり客の旅人も送り出したあとのことで、お登勢は帳場で藤七から今日迎える客について話を聞いていた。

「お民ちゃん、もすこし小さい声でおっしゃい」

　お登勢はすぐに窘めた。

　お客のいる時には、声は小さく、言葉遣いにも気をつけるように仲居にも女中にも注意を与えている。ただし、ひそひそ話や、潜み笑いなど、お客の誤解を招いて不快な感情をあたえるような仕草も禁じていた。

「申し訳ありません」

　お民は首を竦めて謝ったが、

「たいへんです。恐ろしい顔をした人たちがやってきます」

と言う。

同時に、ごん太の激しい鳴き声が聞こえ、

「ごん太、いいんだ。吠えちゃ駄目だ」

万吉のごん太を窘める声が聞こえたと思ったら、

「ごめんなさいよ」

番頭の与次郎はじめ、人相の良くない男たちを背後に引き連れた、伯耆堂の主市兵衛が玄関に入ってきた。

「これは伯耆堂さんでございましたね」

お登勢が早速出迎える。

「ほう、私の顔をご存じとは……橘屋の女将でお登勢さんでございますな」

市兵衛は、笑みを湛《たた》えて言った。引き連れている男たちの気色《けしき》ばんだ顔つきとは裏腹の、分別ありげな表情をしてみせた。

連れてきた男たちは、与次郎の他は店の使用人ではないことは一目で分かる。

「登勢と申します。それにしてもお揃いで……そのうちに差し紙を入れさせていただくつもりでおりましたのに……」

差し紙とは、早い話が呼び出し状のことである。

一通りおみわの言い分に沿って調べ上げたところで、今度は亭主の方の事情を聞くことになっていて、差し紙はその時、「慶光寺御用」の名で送りつける。

これを無視すれば、幕府にたてついているのと同じことで、只では済まない。

「冗談もほどほどにしていただきましょうか。何をおみわからお聞きになったか知りませんが、あれの言うことはほとんどが妄想話でございます。妄想話を本気にしては御用宿の名が廃《すた》ります。皆様にご迷惑をこれ以上おかけしては私も心苦しい。そういうことで、迎えに参ったのでございます」

伯耆堂は平然として言った。

「お心遣いはありがたいのですが、お断り致します」

お登勢は、きっぱりと言った。

「何だ何だ……」

後ろに控える男たちが、早速威丈高《いたけだか》に腕を捲《まく》った。

だが市兵衛はそれを制すると、

「昨日の今日ですから忘れちゃいますまい。この宿は人攫《さら》いを白昼堂々やってのけました。人の女房を無理やり駆け込ませたのです。いくら御用のためとは申しましても、これは犯罪でございますよ。嫌がる女房を連れ去ったのですからね」

「いいえ、それは違います。伯耆堂さん、おみわさんは嫌がってなどおりません。安堵しております」

「安堵しているか、嫌がっているか、はっきり本人の口から聞かないことには納得いきませんよ。そうでしょう。私の女房です。いますぐここに呼んで下さい」

「残念ながら、ここにはもういません」

「なんですと……」

市兵衛は驚いて見返した。

「慶光寺の万寿院様のお膝近くでお過ごしです」

その言葉に、市兵衛はぶるぶる体を震わせ、

「今に分かる。覚えていなされ。己のやったことが根も葉もないことだと分かる筈だ。それに、私だってこのまま引き下がるとは思わないでもらいたい。こちらはこちらで訴えますよ、かどわかしの科《とが》で……お奉行所に訴えますが、構いませんな」

市兵衛は、一歩も引かぬ気迫を見せた。

「どうぞ。受けて立ちます」

お登勢はすっと立ち上がると、仁王のようにして立って睨《ね》めつけている市兵衛

の鋭い視線を、きっぱりと撥ね返した。

「いやはや、私はいつ帳場から飛び出そうかと、衝立越しではございましたが、本当にひやひやしておりました」

藤七は、十四郎の急ぎ足に負けじと前を向いて歩きながら、昼前に橘屋に現れた伯耆堂の主市兵衛とお登勢が舌鋒《ぜっぽう》鋭く一戦を交えた様子を告げた。

二人はこれから伯耆堂の別荘に向かうところだった。

「気をつけた方がいいな」

十四郎が呟いた。縁を切る、絆を断ち切る手助けをしているお登勢である。不満を持った男たちも多いに違いない。

たとえ自身が原因で夫婦仲が壊れたとしても、男たちの中には、橘屋が余計なことをしてくれたからだと恨みに思っている者もいる筈だ。

橘屋のような仕事をしていると、いつ、どんな形で身に危険が及ぶかしれないのである。

「必要以上の挑発はよくない。俺からもお登勢殿に一度話しておこう」

「そうして下さいまし。こちらも肝が潰れます」

藤七は笑った。

「おい……」

十四郎は立ち止まって、前方に見える茅葺きの家屋を目顔で指した。

「何があったのでしょうか」

藤七も立ち止まって前方を見た。

家屋の前に、同心や岡っ引の姿が見えたからである。

「行ってみましょう」

二人は小走りして、開いている板葺き屋根の木戸門をくぐり、声のする裏庭に横手の柴垣を押して入った。

小者《こもの》たちがてんでに庭の木の枝から、何かを下ろしていた。

近づいてみると、それは物ではなく人間だった。茶色の木綿の着物を短く着た老人だった。

その老人の首には縄がかかっていた。木の枝の方にも同じ縄が揺れている。

「十四郎様、仁平爺さんですね」

藤七が耳元に囁いた。

「うむ……」

十四郎は戸板の上に寝かされた爺さんの首を見ようと近づくと、

「旦那、旦那はこの爺さんの知り合いですかい」

若い岡っ引が近づいてきた。

「俺は慶光寺の者で塙という。北町の与力松波殿とは懇意の仲だが」

「松波様と懇意……こりゃあどうも。あっしは岡っ引の捨八《すてはち》と申しやす」

岡っ引の態度は一変した。

「いやなに、この爺さんに聞きたいことがあってな、それでやってきたのだが……」

「一足違いでござんしたね。近くの百姓がこの庭の木に爺さんがぶらさがっているのを見つけて、番屋に届けてきたんでございやすよ」

「……」

「自害ですね。この爺さんと親しかった百姓の話によれば、爺さんは天涯孤独の身だったっていうから、世を儚《はかな》んで死んだのかもしれねえ」

「いや、殺しかもしれぬ」

「殺し……まさか」

岡っ引の捨八が、怪訝な顔で見返した時、十四郎は立ち上がって藤七と庭の隅に足を運んだ。

「ここに間違いないのでしょうが……」

藤七は、しゃがみこんで黒い肌を見せている土を掘り起こしてみた。だがそこには、おみわが言ったような財布の燃え残りなどひとつもなかった。

土に灰が混じっているところをみると、確かにこの場所で物を燃やしたに違いないが、それが何だったのか、これでは証明のしようもないし証拠にもならない。

十四郎は、鋭い視線を感じて顔を上げた。

むこうの方から市兵衛がこちらを見て、薄笑いを浮かべていた。

市兵衛は十四郎を知らないが、十四郎の方は向島の寺で一度市兵衛の顔を見ている。

「爺さんを殺したのは、あの男ですね」

藤七が近づいてきて言った。その視線の先には、いかにも使用人の死を悼《いた》んで町方の問いに素直に応じている旦那然とした市兵衛の姿があった。

六

「はいはい、こちらでございますよ」

表で大家の八兵衛の声がした。

十四郎は起きたばかりで、頭の中はまだ霧がかかっているような状態である。

――朝っぱらから大きな声を出して、まったく、あの狸顔の男は、少しは朝寝坊をしている者の身になれないものかね。

胸のうちで舌打ちして、聞くとはなしに聞いていると、

「おや、おとくさん、家の前で何を見張っているんです？」

八兵衛が怪訝な声で聞いている。

「どうもこうもあるもんかね。亭主が昨夜から帰ってないんですよ」

「おやおや、表でお出迎えとは仲がいい。朝からごちそうさまですね、はい」

「冗談じゃありませんよ。どこをほっつき歩いてたんだって、尻のひとつもぶん殴って、とっちめてやろうと待ってるんですよ」

おとくは、かりかりして答えている。

「いいじゃないか、おとくさん。夫婦もね、喧嘩してるうちが花なんだから、へッヘッヘッ、おとくさんは顔に似合わず亭主にぞっこんとはね、こりゃあ驚いた」

「うるさいね。あたしゃ気がたってるんだから」

「いや、悪い悪い。それはそうと、十四郎様はまだいらっしゃるだろうね」

八兵衛が言った。

——うちに来たのか。

十四郎は、慌てて起き上がると、布団を部屋の隅に押しやった。

「旦那はまだいる筈だよ。寝坊だからね、あの旦那」

おとくは笑った。

——まったく、こっちの耳にまで筒抜けだ。言いたいことを……。

十四郎が独りごちて板の間に出るのと同時に、

「十四郎様、八兵衛でございます」

こちらが返事もせぬうちに、がらりと戸が開いて、狸のような顔が入ってきた。

「おや、いまお目覚めで」

「うむ、遅かったのだ、昨夜な」

しなくてもいい言い訳をした。

「お客様でございますよ」

八兵衛は、人の話を聞いているのかいないのか、表に手招きして若い男を招き入れた。

「じゃあね、わたしはこれで……」

八兵衛は、くるりと踵を返すと、雪駄をちゃらちゃら鳴らして遠ざかっていった。

「早くから申し訳ございません。あっしは植木職人の弥助と申しますが……」

「植木職人の弥助……はて」

と言いかけて、

「もしやあれか……お前は橘屋に匿《かくま》っている伯耆堂の女中のお梅の……」

いい人なのかという言葉は呑んだ。

だが尋ねるまでもなく、弥助は頷いた。

「へい、さようでございます。昨日あっしは伯耆堂の女中さんから、おかみさんとお梅ちゃんが橘屋さんに駆け込んだと聞きやして、それで宿の前まで参りやした。お梅ちゃんに会いに行ったんです。ですが、それどころじゃねえに違いない。

そう思い直して引き返そうとしたところに、旦那が出て参りやした。それで、ちょうどお使いから帰ってきたお民さんとかいう女中さんに、旦那のことをお聞きしやして、こちらにお訪ねした次第でございやして……」

弥助は恐縮した顔で、十四郎を見た。

「そうか、お梅は事情があって表には出せぬからな。いつ狙われるかしれぬ」

十四郎は言いながら、手招きして、弥助に上がり框に腰を下ろすように勧めた。

「へい。旦那のおっしゃる通りでございます。あっしも一刻も早くあの家を出るようにお梅ちゃんに勧めていたものですから、ほっとしておりやす」

「お梅から聞いたが、お前の言うその訳を、俺も聞きたいと思っていたところだ」

十四郎は上がり框に腰を下ろした弥助に向き合った。

弥助は顔も両腕も日焼けして逞《たくま》しく、敏捷《びんしよう》そうな目をした若者だった。

「あっしもぜひともお話ししておきたいことがございやす」

弥助は、十四郎の差し出した茶碗の水をうまそうに飲み干すと、まるでおぞましいものでも見るような顔で、話をし始めたのである。

五年前のことである。

弥助は薬研堀《やげんぼり》で植木を並べて売っていた。叔父の植木屋の手伝いをしていたのである。

そこへ、伯耆堂の前の内儀お品が通りかかって足を止めた。

店の隅に売り物にならなくなったミヤギノハギが置いてあった。

「それは……譲っていただけるのですか」

お品はしなびた萩を指した。

「これはもう売り物にはならねえ品です」

弥助は言ったが、お品はどうしても欲しいという。捨てるのは可哀相だとも言った。

「それじゃあどうぞ、持って帰って下さいまし。差し上げます」

弥助がそう言うと、それじゃあ悪いから、あなたが庭に植えて下さい。手間賃だけでもお支払いしますという。

弥助は、それがきっかけで、伯耆堂の庭に職人として入るようになったのである。

お品は、自分の部屋の前の、一番よく見える場所に萩を植えてくれと言い、植えた萩の傍に一尺ほどの石の灯籠を置いた。

その灯籠は笠がなかった。天井が空いていて、蠟燭《ろうそく》を立てると光は上に向かって照らすようになっていた。

萩の花が咲くと、お品はその灯籠に灯を灯した。ほのかな明かりが首を垂れている萩の花を下から映し出し、昼間に見る萩とは違う趣《おもむき》を呈していた。

ところがお品は、翌年の萩を見たところで、不慮の事故で死に、弥助も伯耆堂への出入りを止めた。

一年が過ぎた。

自分が手入れしていた庭が気になった弥助は、店の者に断って庭に入った。

そこで弥助は、新しく迎えられたというおかみさんと、おかみさんについてきたお梅という女中に会った。

弥助は、夜の萩の、灯籠に映し出されたえもいわれぬ美しさを、二人に話した。

後妻のおかみさんのおみわという人も、お品とは違った優しい心根を持った人で、弥助の話に熱心に耳を傾けた。

「すぐにでも、この目で見てみたいものです」

おみわが言い出して、弥助はその日の日暮れを待って灯籠に灯を入れた。

二人はおぼろに映る萩の花に見入っていた。

儚《はかな》げなその風情に思わず三人が手を合わせていると、突然主の市兵衛が番頭をともなって現れると、いきなり萩を剪定鋏《せんていばさみ》で刈り取らせ、灯籠も石斧でぶち壊した。

そして弥助は叩き出された。それが縁でその後、お梅と付き合うようになったのだが、弥助には市兵衛の尋常ならざる行動が、どういう意味を含んでいるのか、この時はっきりと分かったのであった。

市兵衛は、死んだ前妻につながるその萩が、癇にさわったに違いない……そうとしか思えなかった。

いや、なぜそれ程の態度に出たのか……。

「塙様。伯耆堂の旦那は、前のおかみさんを事故にみせかけて殺したのでございますよ。きっとそうです」

弥助は、顔を強張《こわば》らせて言った。

「弥助、証拠でも握っているのか」

「あります。証拠はこのあっしの耳でさ」

「耳?」

「へい。その時はまさかとは思いましたが、あっしは聞いてはいけねえ話を聞いていたんでございますよ」

「よし、聞こう。話してくれ」

「へい……」

それは、お品が市兵衛に頼まれて一人で江の島へお参りに出かける前日だった。

お品は出立にあたって揃えたい品物があり、女中を連れて外出していた。

そして弥助は、庭の手入れをしていたのだが、一通り終わって市兵衛に挨拶をするために、市兵衛の部屋の前の庭に立った。

ところがその部屋から、言うに言われぬ不気味な話し声が聞こえてきたのである。

弥助は咄嗟に縁の下に身を隠した。

「本当にやっちまうんですか、旦那」

聞こえてきたのは、番頭の声だった。

「ずいぶん考えてのことだよ、与次郎。あいつはなにもかも知ってしまった。滅多なことでは外に漏らすこともないだろうが、転ばぬ先の杖さね」

番頭の問いに答えているのは、主の市兵衛だった。

「しかし、うまくいきますかね」

「うまくいくさ。今までだって何人も始末してきた男たちだ。それより、お品を承知させるのに大変だったぞ。いいか、しくじりのないように言っておきなさい」

話はそれでお終《しま》いになった。

与次郎が部屋から出ていき、市兵衛も慌ただしく店の方に出ていった。

弥助はしばらくぽかんとしてしゃがんでいたが、はっと気づいて裏木戸から走り出た。

盗み聞きをしていたことが二人にばれれば、どんな仕打ちを受けるかしれない。

それは恐怖を前にした本能的な勘だったが、あの家にはもう二度と近づくものかと、心底思った。

お品が参詣に行って事故死したと聞いたのはまもなくだった。

――おかみさんは殺されたのだ。しかしなぜ……。

その疑問はずっとあったが、詮索するのさえ恐ろしかったのである。

そういったことが以前にあって、二度と出入りしないと決めたにもかかわらず、弥助は自分の植えた萩のことが気になって、つい立ち寄った。

そしておみわとお梅に会い、灯籠に灯を灯したのであった。

弥助は話し終えると、

「旦那、お梅ちゃんとはゆくゆくは一緒になろうと心に決めたんですが、その時から、一刻も早くあの店を辞めさせなくては……店を辞めるように勧めていたのです。おみわさんも前のおかみさんのようになるのではないか、あっしはそればかり案じておりやした」

「うむ」

弥助の話は嘘ではないと十四郎は感じていた。

──しかし……。

盗み聞きしたというだけでは証拠にはなりにくい。

──いや……そうでもあるまい。

十四郎は腕を組んで弥助の必死に訴える顔を見た。

北町奉行所の与力松波が橘屋にやってきたのは、その日の夕刻だった。

十四郎が弥助の訪問を受けた話を、お登勢に話し終えたところだった。

「いや、こたびの押し込みの一件ですが、少し気になることがありまして……」

松波は座るなり難しい顔をして、

「一味の中に侍が一人いたというのはお聞きですな」

念を押した。

「はい」

お登勢が頷くと、その侍の左の手の甲に火傷《やけど》の跡があるのを見た者がいるのだと松波は言った。

「本当ですか、松波様……」

「訴えてきたのだ、奉行所に……怖くてどうしようかと考えていたらしいのだが、その者は貸し茶屋梅鉢の者です」

「しかしそれなら、なぜ講の皆さんが気づかなかったのでしょうか」

「もっぱらその男は、小刀を引き抜いて女たちを脅していたと聞いていますから……いや、大事な話はそこからなのですが」

松波は二人の顔をとらえると、

「四年前のことですが、御府内、及び江戸近郊に伊勢神宮の護符の偽物が大量に出回ったことがあります。神宮の御師と称する男が御札を売り歩き、札を買った者には、神宮の柱のかけらだとか、壁板のかけらだとか、もっともらしいことを言って配ったのです。それがすべて偽物だった。偽物を買わされた者は数知れず、被害はどれほどになるものか摑めておりません。その札を売った御師というのが、左手の甲に火傷の跡があったというのです」

「すると、今度の押し込みの侍と、その御師とは同一人物、松波さんはそう考えているのですな」

十四郎は、驚きを隠せなかった。

十四郎が知る限り、御師というのは伊勢神宮の場合、内宮《ないくう》外宮《げくう》あわせて千人はいると聞く。千人というのは千軒の御師の家があるということで、全国から参詣にやってくる人たちの宿泊からなにから提供し、お祓《はら》い代や暦代や初穂料を頂くことを生業《なりわい》としている者である。

参詣客を待っているだけではなくて、全国を回って暦を売り、御札を売り、初穂料や祈禱料も頂いて、さらに伊勢参拝も勧めるのである。

御札一枚でも何千軒と売れば大した金額になる。それを神宮で祈禱をしてやるとか、初穂料とかいって、銀三匁五匁《もんめ》と出させた家も多数あった。

五匁といえば腕のよい大工の日当より高い。

そうまでして伊勢の神宮にかかわりたいと願っている民衆の意をうまくついて、一味が儲けた金は計り知れないのだと松波は言った。

「北町奉行所では懸命な探索を致しまして、山科太夫《やましなたゆう》と名乗る侍くずれの男を追っていたのだが、確たる証拠が摑めぬうちに逃げられてしまったのです」

松波は苦々しい顔をした。

「松波様、四年前といえば、伯耆堂の前のおかみさんが亡くなった頃と重なります」

お登勢は言い、十四郎を見た。

「うむ。まだ推測の域を出ないが、伯耆堂の市兵衛は二つの事件にかかわっているのかもしれませんな。実は松波さん……」

十四郎は、これまで知り得た話を松波に告げた。

松波は、伯耆堂の別荘番が、庭で焼け焦げた不審な物を見つけたすぐ後に死んだという話を聞いた時には顔色を変えた。

「調べるほどに危険な男だ、市兵衛は……内儀のおみわはそれもあって、金五と相談して慶光寺に入れた。通常は双方を調べ上げた上で寺に入れるが、今度の場合、この橘屋では身の安全を保つといっても限界があるからな」

十四郎の言葉に、松波は静かに頷くと、新しい何かが分かればまたすぐに知らせると言い残して、そそくさと帰っていった。

藤城屋のおかみが持ち込んだ、おみわの走り書きの訴状一枚が、これほどの広がりをみせるとは――。

底無沼《そこなしぬま》に足を入れたような不気味さが、十四郎とお登勢の胸に広がっていた。

二人は黙ってしばらく考えを巡らせていたが、

「ただいま戻りました」

二人の沈黙を破ったのは、おみわを向島の寺から船で連れてきて以来、根気強く市兵衛を追っていた藤七の声だった。

「藤七、何か摑んだな」

十四郎が、藤七の高揚した顔色を見て聞いた。

「はい……」

藤七は、部屋の中に入ってくると、

「市兵衛は得体の知れない男たちを匿っています」

緊張した目を十四郎に、そしてお登勢に向けた。

「場所は鉄炮洲《てっぽうず》の稲荷の近く、本湊町《ほんみなとちょう》の海の見える古い家です……」

そこに市兵衛が出向いていったのは今日のことだが、昔はどこかの隠居でも住んでいたような小さな家で、背の低い板の塀で囲われているのだが、伸び上がれば中が覗ける。

市兵衛はその家に、番頭の与次郎と入っていった。

裏に回って板塀から中を覗くと、三人の男が市兵衛を迎えてぺこぺこしていた。

その三人を見て、藤七は思わず声を出しそうになったのである。

一人は目の鋭い侍だが、総髪で浪人のようだった。そしてあとの二人は町人だが、その二人の着ているものが、松波から聞いた色柄とそっくりだったというのである。

「町人の一人は茶弁慶の着物、そしてもう一人は紺の濃淡のかわり縞でございました」

「よし」

十四郎は立ち上がった。

「藤七、案内致せ」

七

「なんだかどきどきしてきました」

藤城屋のおらくは興奮した声をあげると、十四郎の袖を引いた。

目の前には、煮売り酒屋の箱看板がある。

それには『うまい酒、海の魚いろいろ』と流し書きがしてあって、先程淡い灯が灯ったところであった。

暗くなればこの箱看板の灯は明々と見え、本湊町に住む漁師たちや、鉄炮洲に停泊している船の水夫《かこ》たちには、なくてはならない街の灯のひとつに見えるに違いない。

近頃では、酒を主に商いをする場合は居酒屋、様々な惣菜や、腹の膨れるご飯ものを置き、それでいて酒も飲ませるという店を煮売り酒屋と呼んでいる。

目の前の店は煮売り酒屋で、特に海の魚を売り物にしているようだった。

十四郎は、藤城屋のおかみのおらくに協力を求め、藤七に案内させて煮売り酒屋の差し向かいにある蕎麦屋に入って半刻になる。

十四郎はおらくに、市兵衛が飼っている男三人の首実検を頼んだのである。

藤七の調べで、三人は夜を待っていたように、この今目の前に見えている煮売り酒屋にやってくると分かったからだが、いよいよその刻限が近づくにつれ、おらくは緊張してきたようだ。

「やらせて下さい。ぜひにも……」

などと言っていたおらくも、

――いざとなると臆する気持ちが出てきたものかな……。

ちらと横目でおらくの顔を見て、十四郎は苦笑した。

臆するどころか、おらくは目をぎらぎらさせて前を見ている。どうあっても逃がしてなるものかと、まるで猫が鼠の穴の前で待ち受けているような按配《あんばい》なのだ。

「気づかれぬように大きな声は禁物だ。押し込み強盗に間違いない場合は、しっかり頷いてくれればそれで分かる」

十四郎が注意を与えていると、

「来ました」

偵察に行っていた藤七が戻ってきて、十四郎に告げた。

まもなく、総髪の浪人を挟んで、二人の町人が冗談を言い合いながらやってきた。

「あれ、あれは」

おらくは飛び出さんばかりの目をして十四郎の袖を引っ張ると、大きく首を縦に何度も振った。

「十四郎様、これではっきりしましたね」

「うむ。あとは証拠だ。動かぬ証拠がいる」

十四郎が呟いた。

「私にも分かるように話して下さいな」

突然おらくが、十四郎の呟きを聞いて声を上げた。

「しっ……」

おらくは制されて、小さな声で、

「私のこの目が証拠です。今からあの店に行きましょう。問い詰めて番屋に渡しましょう。あの人たちが住んでる家に押しかければ、何か証拠になるものがある筈です」

「おらくさん、白《しら》を切られたらどうするのだ。仮に押し込みをした時の金があったとしても、金に名前が書いてある訳ではないぞ」

十四郎が制するが、おらくの気持ちはおさまらないようだ。

「だって悔しいじゃありませんか。うちの主人も申しておりましたよ。四年前だかなんだか、伯耆堂は潰れかかっていたらしいんです。それが急にお大尽《だいじん》相手の商いをするようになりまして、仕入れてくる品も一級品、いったいどこにそんな資金があったのかと……」

「ほう、ご亭主がそんなことをな」

「はい。きっと悪いことをしてお金を集めたに違いありません」

おらくは感情を抑え切れないように口走った。

「おかみの協力を無駄にはせぬ」

十四郎はおらくを宥めて、

「藤七、おらくさんを頼む」

十四郎は、煮売り酒屋の灯の光を見て立ち上がった。

だが、

「ややっ」

十四郎は驚いた。

煮売り酒屋の前に、職人ふうの男が二人、おずおずと中を窺っている。なんと
その二人は、十四郎が住む長屋の住人で、一人はおとくの亭主で鋳掛《いか》け屋の徳蔵《とくぞう》
と、もう一人は摺《すり》師の朝吉《あさきち》ではないか。

「徳蔵、朝吉。こんなところで何をしている」

十四郎が外に出て、二人の背に声をかけると、

「うわっ」

二人は肝を潰したようにひっくり返って尻餅をついた。

「だ、旦那……」

徳蔵は、地獄で仏に会ったような声を出す。

「こんな遠いところまで飲みに来たのか」

「と、とんでもねえ」

「だいいちお前は家に帰っているのか……おとくが心配していたぞ」

「それどころじゃねえんですよ、旦那。あっしはたいへんなものを見ちまって、それでこんなところまでやってきたんでございますよ」

「何……朝吉、お前もか」

「いえ、あっしは徳の野郎が一人じゃ怖い。万が一命をとられるようなことがあったら、俺の代わりに訴えてくれ、なんて言うもんですから、ついてきたんでございやす」

「いったい、何を見たというのだ。ここじゃあなんだ。蕎麦でもおごるから、こっちに来い」

「へい、へい」

二人は、十四郎に縋りつくようにして、蕎麦屋の中に入った。

「十四郎様。それじゃあ私は、おらくさんをお見送りして参ります」

十四郎は、藤七がおらくと出ていくのを見送ると、二人の酒と蕎麦を親父に頼み、二人の前に座った。

「さあ、何があったか話してくれ」

「旦那、あっしは鋳掛け屋でござんす」

「そんなことは分かっている」

「へい。それで道具を担いであっちこっち、仕事を貰うために歩いている訳ですが、あっしの昔からの知り合いに仁平という爺さんがおりやしてね」

「仁平……」

十四郎はどきりとした。

なにしろ十四郎の知っている仁平というのは、先頃根岸の伯耆堂の別荘で首を括って死んでいた。その仁平を思い浮かべて驚いたのだ。

「へい。歳をとるまではあっしと同じ鋳掛け屋をやっていたんですが、何年か前から伯耆堂の別荘の番人をしていた爺さんでございます」

「待て、首を括って亡くなった爺さんのことだな」

「旦那、ご存じだったんですか」

「うむ。聞きたいことがあって会いに行ったら、木に首を吊って死んでいたのだ」

「殺されたんですよ、旦那」

　徳蔵は興奮して言った。

「何……」

「あっしは久し振りに会いに行ったんですが、仁平爺さんが殺されるところを見たんです、この目で」

　恐ろしそうな顔をした。

「あっしはもう、恐ろしくて恐ろしくて……爺さんを助けることもしねえで逃げ帰ってきたんでございやす。ですが途中で、あっしは逃げてくる時に見つかったんじゃねえかと……そう思ったら家には帰れなくなっちまって……あっしは尾《つ》けられているんじゃねえかと、それが怖くて……住家が分かっちまったら、あっしだけじゃねえ、おとくだって危ねえと」

「そうか、それで家には帰らなかったのか」

「へい。そのうち、逃げ回っていたってどうしようもねえ。それよりあいつらを捜し出して、お奉行所に訴えてやろう。そんな風に考えましてね。ちょうど町でばったり会った朝吉に、加勢を頼んだという訳でございやして」

「すると何か？　いま向かいの店を覗いていたのは、そのためか」

「へい。あの店に入ったんでございやすよ。仁平爺さんを殺した男たちが……」

「浪人と、二人の町人か」

「へい」

徳蔵は、何度も頷いた。

――瓢簞《ひょうたん》から駒とはこのことだ……。

「徳蔵、そのこと、お奉行所で証言できるな」

「へい」

徳蔵は、力強く返事をした。そして、思い出したように、懐から手拭いに包んだ物を出した。

「これは……」

十四郎は驚愕して、それを取り上げた。

焼け焦げた女ものの財布の一部に違いなかった。

「奴らが掘り起こして、別荘の外に投げ捨てた物です。引き返した時に見つけました。何かは分かりやせんでしたが、血眼《ちまなこ》になって集めていたと思ったら、持ち帰るのではなく、隣の敷地にほうり捨てたんです。旦那、何かの証拠になりませんか。仁平爺さんを殺した証拠に」

「なるぞ、徳蔵。立派な証拠になる」

十四郎は、しっかりと頷いた。


「十四郎様！」

橘屋に入ろうとすると、後ろから万吉に声をかけられた。

振り返ると、薄闇の中を万吉がごん太と駆けてきた。

「どうした。こんな時間に、どこに行っていた」

「たいへんです。お梅さんがいなくなったんです。それでおいら、ごん太と捜しに出てたんだ」

「いなくなった……いつの話だ」

「お民さんの話では、お客さんの夕食の支度をしていた時に、気がついたらいなくなっていたって……」

「何……すると、七ツ（午後四時）頃だな」

「はい。皆で捜しているんだけど、見つかりません」

「ふーむ」

ごん太を見ると、ごん太は一方を見て、激しく吠えた。

その方向に人影が現れて、こっちへ走ってくる。

「これは十四郎様」

走ってきたのは橋屋の若い衆の一人で、鶴吉だった。

「お前もお梅を捜しに出ていたのか」

「へい、駄目ですね。暗くなってもう捜すのは難しい」

鶴吉は、辺りの薄闇を見渡した。

「ごん太、お前が頼りないからだぞ」

万吉は、ごん太の頭を小突いた。

きゅいん——。

ごん太がしょぼくれた声を出し、十四郎を見上げている。

「万吉、乱暴はよせ」

「だって、お梅さんが使っていた手拭いを、こいつに嗅がせてやったのに、こいつ、上之橋の袂で蛤《はまぐり》焼いてる匂いが気になって、お務めを忘れて、そこでうろうろ、うろうろ」

十四郎は苦笑した。

ごん太は賢い奴だから、きっと皆の助けになる筈だと、万吉は口癖のように言い、犬を飼う口実にしていたのだ。

いざとなって役に立たず、腹を立てたようだった。

「ごん太は、上之橋までは行ったのだな」

「はい」

「そうか……すると、お梅が上之橋まで行ったのは確かだな」

「どうだか。こいつ食い意地が汚いから、見損なったよ」

万吉は、偉そうに一丁前の口をきく。

「まあまあ、そう言うな。とにかくお登勢殿に話を聞いてみるから」

十四郎は、急いで玄関に入った。

「えらいことになりました」

玄関に入ると藤七がすぐに出てきて、案じ顔で、お登勢様がお待ちですと言った。

仏間に入ると、お登勢と金五がまず目に入った。

その二人の前に、仲居頭のおたかと女中のお民が座っていて、お民は首を垂れて泣いているようだった。

「いったいどうしたのだ」

十四郎は、おたかとお民に視線を走らせた後、お登勢に聞いた。

「今日、甲府《こうふ》からぶどうが届いたんです。十四郎様もご存じのように、毎年この頃に楽翁《らくおう》様が手配して下さって、この橘屋と慶光寺に箱入りで届きます」

「ふむ……」

そういえば、昨年もそんなことがあったと、十四郎は思い出した。

お登勢はそのぶどうを仏壇に供え、奉公人たちにも小分けしてやっている。

「今年はたくさん送っていただきましたので、泊まり客のみなさんにも食後に少しずつさしあげようと思いまして、お民ちゃんにその仕事を頼んだのです」

「ふむ」

十四郎は泣いているお民を見た。

「お民ちゃん」

すると傍にいるおたかがお民を促した。

お民はこくりと頷くと、ぐいと袖で涙を拭って、

「お梅ちゃんに手伝ってもらっていたんです。それで、こぼれたぶどうをつまみ食いして……すみません」

お民は、申し訳なさそうに言い、

「お梅ちゃんも一粒口に含んで、おみわ様はどうなさっているのかしら。おみわ様はぶどうが大好きでした。などと言うものですから……ぶどうは慶光寺にも届けられた筈だと教えてあげたのですが、おみわ様にお会いしたいなどと急に言い出して、私の止めるのも聞かずに、勝手口から出ていったんです」

だが、お梅は帰ってはこなかったのだ。

おみわが寺に匿われてから、お梅は正式におみわの寺入りが決定するまで橘屋で暮らすことになっていた。

それは、おみわのみならず、お梅も危険な目に遭う心配があったからだ。

むろん、外出は禁止だった。

働き者のお梅は、橘屋でひとり何もせず暮らすのを申し訳なく思ったのか、お民の仕事を進んで手伝っていた。

慶光寺は、橘屋とは大通りを隔てた向かいにある。小走りすればすぐのところで、お梅も慶光寺まで小走りしたって危険なことなどあるものかと思ったに違いない。

「十四郎、いまお登勢にも伝えたのだが、確かに寺務所にはやってきた。だが俺は、むやみに会わせる訳にはいかん。元気でいるから安心しろと言って帰したのだ。それが帰ってきていないとなると、寺の石橋を渡って通りを横切る僅かの距離で、なにかあったとしか考えられんのだ」

「あの……」

お民が顔を上げた。

「ひょっとしてお梅ちゃん、弥助さんに会いに行ったのかもしれません。いつだったか、弥助さんという人に、ここにいることを伝えることができないものかしら、などと言って……」

「それだな」

金五はひとまずほっとした顔をしてみせたが、

「まさかとは思いますが、こんな刻限まで戻ってこないなんて、尋常ではありません」

お登勢の一言で、一同はまた不安な空気につつまれた。

八

橋屋はその晩は、玄関先の灯を明々と灯して、お梅の帰りを待ち受けていた。

藤七の指揮のもとで、若い衆も東に西に探索を続けていた。

沈痛な空気が家の中に停滞していて、いつ晴れるとも知れない焦燥感に身の置き所のないような有様だった。

その空気が動いたのは夜半過ぎ、猪牙舟の船頭が仲間の手を借りてお梅を橋屋に運んできた。

お梅は水浸しだった。

おまけに腕に傷を負っていて、息も絶え絶えの状態だった。

「箱崎《はこざき》川で沈みかけていたのを引き上げましたら、まだ息がある。聞けば橋屋のお人だというので、運んで参りやしたが」

船頭は言った。

お登勢はすぐにその船頭の舟を借り上げて、藤七に弥勒寺《みろくじ》橋袂の柳庵を迎えにやった。

おたかやお民に手伝わせて仏間に運び、濡れた着物を脱がせて新しいものを着せ、布団に寝かせた。

助けが早かったためか、たいして水は飲んではいなかったが、左の腕の傷は骨まで達して、腕はぶらりと下がったままだった。

十四郎は若い衆の鶴吉に言いつけて、亀井町《かめいちょう》に住む弥助を迎えにやると、お梅の枕元に座った。

「お梅ちゃん」

慶光寺からおみわも駆けつけたが、お梅の青い顔を見ると、そこに泣き崩れた。

お登勢がおみわの肩を抱くようにして、

「しっかりするのよ、お梅ちゃん。いまお医者様が参りますからね」

熱っぽいお梅の目を見て言った。

「申し訳ありません。こんなことになってしまって……」

お梅は弱々しい声で言う。意外に意識はしっかりしているようだった。

「いいんですよ、そんなことは。それよりしっかり、いいですね」

「お登勢様、お話ししておきたいことがございます」

「後でね、後でお聞きします」

「いえ、お伝えしておかなければ、死んでも死に切れません」

お梅はそう言うと、事の顚末を、手短に、弱々しい息を継ぎながら告げた。

それによると、お梅は慶光寺を出たところで、待ち受けていた市兵衛に捕まった。

市兵衛は匕首をお梅の腹につきつけると、上之橋まで連れていき、そこから待たせていた屋根船に乗せた。

隅田川を横切って三又《みつまた》から箱崎川に入った。鉄炮洲に連れていくのだという。

「お前と引き換えに、おみわを取り戻す」

市兵衛は冷笑を浮かべて言った。

「そんなことをしても無駄です。おみわ様はもう慶光寺の人なんだから」

「いや、そんなことができるものか。別れる理由がない。そうだろ」

「いいえ、あります。おみわ様は皆知っているんです。旦那様がしたことを」

お梅は叫んだ。

「何……」

市兵衛の顔色が変わった。

「前のおかみさんを殺したことも、押し込みの一味だってことも……」

お梅は叫びながら、市兵衛の手にある匕首がぶるぶる震えているのを見た。

「ふん、そういうことなら、おみわともども死んでもらうしかないな。まっ、それはおみわを取り戻してからのことだ。喚《わめ》きたければ喚くがいい」

市兵衛は鬼のような顔をして言った。

――逃げなくては、おかみさんまで殺される。

お梅は咄嗟に立ち上がって障子を開けた。行き交う船に助けを求めよう、そう思ったのだ。

だが、船の影は遠くに見えるだけで、お梅の乗った船の行くあたりには、黒い水が揺れているだけだった。

はっとして振り返った時、市兵衛の匕首が、お梅の腕を斬りつけていた。

「きゃ」

お梅は悲鳴を上げながら、川の中に落ちたのである。

市兵衛の船が足を早めて去っていくのをちらと見たが、体はもがけばもがくほど沈んでいく。

気を失いそうになった時に、誰かが飛び込んできて、お梅の腕を摑んで引き上げてくれたのである。

「おみわ様の足手纏《あしでまと》いになってはいけない。そう思って……」

お梅はそこまで話すと、乱れた息を吐いた。

「お梅、すみません。私のために許しておくれ」

おみわは、にじりよってお梅の手をとった。

ふうっと、お梅の意識が薄くなる。

「お梅ちゃん、しっかりしなさい」

お登勢が耳元に叫んだ時、慌ただしい足音とともに柳庵が入ってきた。

柳庵は厳しい顔で頷くと、すぐに脈を取り、心の臓の音を確かめ、用意してきた薬を口から流し入れると、腕の傷の手当てをした。

お梅はやがて瞼《まぶた》を閉じると、深い眠りに落ちたようだ。

「かなり出血しているようです。助かるかどうかは今夜ひと晩見てみなければなんともいえません。私が今夜は付き添いましょう」

柳庵は言った。

おみわを空きの客間にひきとらせ、十四郎とお登勢も茶の間に移って休息するように言いつけた。

鶴吉が迎えに行った弥助が血相を変えてやってきたのは、夜の八ツ頃だった。

弥助は柳庵に、どうしてもお梅に渡したいものがある。見舞わせてほしいと懇願した。

「一緒になる時に、記念に銀の簪《かんざし》をあげると約束していたんです。この簪を持たせてやりたいんです」

柳庵は頷いた。

弥助は、十四郎とお登勢に付き添われて仏間に入った。

「お梅ちゃん」

小さな声でお梅を呼び、静かに座ると、懐から銀の簪を出した。夜具の中からお梅の手をひっぱり出して、その手にしっかりと握らせると、自身の両手でその手を包んだ。

「元気になるんだぜ、お梅ちゃん……」

すると、お梅の目が弱々しく開いたではないか。

だが、お梅は顔をまわして弥助の方を見る元気はなくなっているらしく、天井を仰いだままで呟いた。

「弥助さん？」

「お梅ちゃん、約束の簪を持ってきたぜ。分かるだろ」

「簪……」

お梅の手がほんの少し動いて、

「うれしい……」

お梅の双眸《そうぼう》から、大粒の涙が落ちた。

「ここにいる皆が証人だ。たった今、おいらたちは一緒になったんだ。おいら一生懸命働くからよ。家も一軒構えて、ずっと一緒に暮らすんだぜ」

「ありがとう。でももう駄目……」

「何言ってるんだ。明日になりゃあぴんぴんしてるって。おいら、ずっと傍にいるからよ。いいな」

弥助は思わず、お梅の手を強く握り締めた。

だがお梅は、また昏睡《こんすい》状態に入った。

「お梅……」

弥助は、男泣きに泣いた。

「ちくしょう。許せねえ。塙の旦那、このお梅ちゃんは、茶の淹れ方がおいらの亡くなったおふくろさんにそっくりなんだ。急須をちょんちょんて振ってよ。おいら、それを見た時、一緒になるならこの女しかいねえって思ったもんだ。それを……こんな目に遭わせやがって」

弥助は立ち上がった。

「待て、弥助」

十四郎が呼び止めた。

「どこに行くのだ」

「決まってまさ。伯耆堂の旦那に仕返しするんだ」

弥助は拳をつくって十四郎を見返した。

「どうですか、一杯……」

弥助は、銚子を摑んで立ち上がると、近くの腰掛けに座った総髪の浪人と二人の町人の盃に並々と酒を注いだ。

「おいおい、おめえは誰でえ。見ず知らずの俺たちに、どうして酒をおごってくれるんだい？」

茶弁慶の着物を着た町人が、にやにやして弥助に言った。警戒して、この馴れ馴れしい男を品定めするような目をしているが、注いでもらった酒は美味そうに一息に飲む。

「まああ、みなさんはあっしのことは知らないでしょうが、先程まんざら繋がりがねえわけでもねえ、そう思いましたんでね。ちょいとお近づきのしるしにと思いやしてね」

弥助は言いながら、飲み干した盃にまた酒を注ぐ。

「どういうことだい。俺たちとおめえと、どこが繋がってんだい」

今度は紺のかわり縞の着物を着た男が言った。

「先程、店の表で伯耆堂の旦那と話していたのを見かけやした。実はあっしもあの旦那とは見知った仲でございやしてね」

「ほう、それは偶然だな」

「へい。あっしは植木職人ですが、亡くなった前のおかみさんに贔屓《ひいき》にしていただいて、ずいぶんと庭の手入れをさせていただきやした」

話しながら、どんどん注いで、

「まあまあ、遠慮なく。今日はあっしが、ぜんぶ持ちます。どうぞ好きなものを頼んで下さい」

お愛想を重ね、店の小女を呼びつけて、美味いものがあったらこちらのみなさんに出してくれ、酒もおかわりを頼むと景気のいいところを見せた。

ちらと店の片隅に視線を流す。

そこには十四郎の背が、じっとなりゆきを見守ってくれている。

小女が飯台一杯に煮売りを並べ、銚子のおかわりも持ってきてくれたところで、
弥助はおもむろに聞いた。

「おっと、あっしは弥助と申しやすが、兄さんがたのお名前は?……そちらの立派な旦那のお名もお聞かせ下さいまし」

黙って飲んでいる総髪の男に笑みを送った。

すると茶弁慶の着物を着た男が、

「こちらの旦那は山科太夫とおっしゃる」

「これはまたご立派なお名で」

「そしてこの男は忠次郎《ちゆうじろう》、この俺は倉蔵《くらぞう》だ」

「これはこれは……」

感心した顔で頷いた。だがすぐに、ふと思い出した顔で身を乗り出して、

「そりゃあそうと、内緒の話でございやすが、伯耆堂では前のおかみさんが崖から落ちて亡くなったっていうのはご存じですかい」

声をひそめた。

「ああ、そうだってな」

「これはちょいと他聞をはばかる話ですが、あの死に方には不審の廉《かど》がある。そう思いませんか」

「どういうことだ」

倉蔵が声を荒らげて聞いてきた。忠次郎も山科太夫も、酔眼を剝いて弥助を見た。

「知らないでしょうな。あっしは知ってますぜ」

「おい、弥助とやら、何を知っているというのだ」

「いえね。あっしはおかみさんが亡くなる前の日に、庭の手入れをしておりやしてね。市兵衛の旦那と番頭さんの話を聞いちまったのでございやすよ。おかみさんをどうするこうするって話……なんだか恐ろしいような話だったので、誰にも話せなかったんですが、その話と符合するように、おかみさんは死んじまった」

「事故ではないと、お前はそう申すのか」

「へい。これは市兵衛の旦那も知らねえと思いますが、おかみさんはお参りに行く前に、あっしにこんなことを言っていたんでございやすよ……弥助さん、これは誰にも言ってはいけないことですが、私はあの人の秘密を知ってしまったんですよ。だから殺されるかもしれないのって……」

弥助は恐ろしげな顔で三人を見た。

前のおかみさんがどうのという話は、弥助のつくり話であった。

だが、山科太夫も、あとの二人も、形相《ぎょうそう》が瞬く間に変わったのである。

「あっしは誰にも話しちゃならねえって今日まできましたが、これですっきりしやした。気が楽になりやした。あっしが言うのもなんですが、この話、内緒ですぜ」

弥助は表情を戻すと、

「すいません。妙な話をしちまって。飲み直しやしょう。おい、おかわりだ」

勢い良く銚子を板場に向けて振った。

九

「久し振りだな弥助。さっそくだが庭にまわってくれないか」

市兵衛はにこにこして、店の奥から出てくると、仕事道具の袋を担いだ弥助に言った。

「へい。あっしも気にはなっていたんですが、すいやせん」

「いや、やっぱり、お前さんの仕事じゃなきゃ駄目だ。お前を叩き出したことをずっと悔やんでいたんだよ……すまなかったな」

「こりゃあどうも。それじゃあ、失礼して」

弥助はいったん店の外に出ると、裏木戸に向かった。

鉄炮洲の煮売り酒屋で山科太夫ら三人に奢《おご》ったのは昨夜のことだ。

今朝にはもう、伯耆堂から庭の手入れをまた頼むと言ってきたのである。

「塙の旦那のおっしゃる通りでございやした」

弥助は十四郎に知らせたあとで、何くわぬ顔で伯耆堂の招きに応じたのであった。

――ふん、誰がおめえの思い通りになるものか。

弥助の胸には、命はとりとめたものの左腕は一生使いものにならないと柳庵に言われたお梅の顔がちらついて離れない。

木戸をくぐる時、弥助は腹に力を入れてから中に入った。木戸の閂《かんぬき》はしなかった。

弥助はまっすぐに、萩のところに行った。毎年芽が出ると刈り取っていたのか、一尺ほどの枝が数本伸びていたが、花はついてはいなかった。

弥助は袋を下ろして、鋏《はさみ》を取り出した。

その時である。

「ずいぶんと余計なことをしゃべってくれたそうじゃないか」

廊下に市兵衛が現れて、庭にいる弥助を見下ろして言った。

「とうとう尻尾を出しやしたね、旦那」

「なんだと」

「おかみさんのことだけじゃねえや。お梅ちゃんを殺そうとしたのもてめえだ。お梅ちゃんは命をとりとめて橘屋で介抱を受けているぜ」

「ふっふっ」

市兵衛は冷たく笑うと、

「殺しておしまい」

後ろを振り返って言った。

廊下に昨夜の三人が現れたと思ったら、次々に庭に飛び下りてきた。

「昨夜はごちになったたな、弥助。礼をするぜ」

倉蔵は勢いよく匕首を引き抜いた。

忠次郎も、そして山科太夫も、鶏でも追い込むように、じりじりと弥助を包囲してくる。

「野郎」

弥助も鋏を手に腕を捲ったが、次の瞬間、木戸に向かって走った。

「逃がすな」

市兵衛の声が飛んだ。

弥助の背後に、どたどたと乱れた足音が迫った。

後ろから誰かが斬りつけてきた。

――斬られる。

弥助が振り返ろうとしたその時、ずんと腕が引っ張られて、同時に刀の撃ち合う音が三度、目を開けると、刀を抜いた十四郎が弥助を庇《かば》って立っていた。

十四郎の剣の先には、山科太夫が苦しげな顔で腕を押さえてうずくまっている。

「もう逃げられはせぬ。四年前の偽御師の一件、先妻殺し、そして押し込み、仁平殺し、みな裏はとれているぞ」

十四郎が言い放った時、
木戸から捕り方を従えた松波孫一郎が入ってきた。

「一同、召し捕る！」

「何、お登勢殿が倒れた……いつだ」

十四郎は、ふらりと長屋に立ち寄った柳庵の言葉を聞いて驚いた。

お登勢が今まで病に臥せったのを、十四郎は見たことがなかった。

「無理がたたったんですね。昨日、万寿院様のお脈を拝見したのですが、帰りに橘屋に寄りますと、熱があるとかで寝込んでいたんです。それで私、お薬をお渡しして、その後で人参も少し届けたんですが……」

柳庵は心配げな顔をして、

「そうですか。十四郎様はご存じなかったのですか……」

咎めるような口調で言った。

「それで、容体は……先生の診立ては」

「それが、いや、大丈夫だとは思うのですが」

奥歯に物の挟まったような返事をする。

「よくないのか」

「そうね……もう少し様子を見てみないと」

「どこがよくないのだ」

「十四郎様、そんなに怖い顔をなさらないで下さいな」

柳庵は、きゅっと十四郎の目を睨んで、

「そんなに心配なら、ご自分で確かめればよいではありませんか」

女のように拗《す》ねてみせる。

「お前は、医者だろう」

十四郎は、かっとなって立ち上がった。

「おや、どこにいらっしゃるのでございますか」

「もう頼まん」

十四郎は、急いで長屋を飛び出した。

市兵衛が捕まってから十日余りになる。

おみわは寺を出て、今は細々と品川で暮らしている実家に帰った。

離縁の詮議をするもなにも、相手が科人で牢屋に繋がれれば、寺に入って修行をする必要もない。即刻離縁の裁定が下される。

おみわは晴れて、自由の身になったのだった。

そしてお梅は、毎日橋屋にやってきて看病する弥助の心が通じたのか、めまぐるしい回復をみせた。

そして三日前、弥助の仲間が大八車《だいはちぐるま》を橘屋に横づけすると、

「お梅ちゃん、迎えに来たぜ。弥助が待ってる」

ようやく歩けるようになったお梅に、てんでに呼びかけた。

大八車には畳が敷いてあって、掛けの夜具も積んできていた。

「三国一の花嫁の車だぜ。さあ、乗ってくんな」

やんやの喝采《かっさい》を浴びて、お梅は恥ずかしそうに車に乗った。

横にならずに正座して車に乗ると、見送りに出たお登勢や十四郎や、藤七やお民に、顔を赤くして頭を下げたのである。

その頭には、弥助が瀕死《ひんし》のお梅の手に握らせた、あの簪が光っていた。

「幸せになるのよ」

お登勢が言った。

お梅は、弥助の仲間に囲まれるようにして、何度も簪に手をやりながら、橘屋を去っていったのである。

――お登勢殿は疲れたのだ。

お梅の命を案じてろくろく眠っていないのを、十四郎は見ていた。

それでもまさか、お登勢が病に倒れるなどと想像もしなかった十四郎である。

十四郎は夕闇の迫る道を橘屋に急いだ。

「お登勢殿は、どこにいるのだ」

お登勢の部屋を覗いた十四郎は、廊下を通りかかったおたかに聞いた。

布団は敷いたままだが、お登勢の姿はそこにはなかった。

「あれ。いらっしゃいませんか」

おたかも部屋を覗いて、

「お庭ですよ、きっと……」

微笑んで頷いた。

「大丈夫なのか、そんなことをして」

十四郎は独りごちて、下駄をつっかけて庭におりた。

淡い月の光が、庭の草木を照らしている。

十四郎は裏庭を眺めたが、そこにはお登勢の姿はなく、更にぐるりと回って客間の前の庭に向かった。

——いた……。

細身の体に白い寝間着をつけて、薄い羽織をはおったお登勢が、庭のひとところろを見下ろしていた。

儚げだが、鶴の立ち居姿のように十四郎の目に映った。

「お登勢殿……」

十四郎は、ゆっくり近づいた。

ふわっとお登勢は、顔を向けると、

「十四郎様……」

体を捩じった拍子に、足元が揺れた。

「あぶない。無理をするな」

十四郎は走りよって抱き留めた。

「すみません。どうしても見たくなって……」

お登勢は、十四郎に肩を抱かれたまま、目顔で月の光に照らされた白萩を指した。

「これは……そうか、去年植えた」

「ええ、十四郎様が植えて下さった白萩です」

二人は、ゆっくりとそこにしゃがんだ。

強く抱き締めたい衝動にかられながら、十四郎は細い肩に手をそえて、お登勢の横顔を見た。

黒い瞳、つつましやかな唇が、いつ十四郎の方を向くのかと思ったが、お登勢はじっと白い萩を見詰めていた。

「もう部屋に入ろう」

十四郎は、囁くようにお登勢に言った。

だがお登勢は、

「もう少し……もう少しこの萩を……」

あえぐように呟くと、お登勢は十四郎を仰ぎ見た。

二〇〇六年十月　廣済堂文庫刊

光文社文庫

長編時代小説
鹿《はぎ》鳴の声《こえ》　隅田川御用帳《すみだがわごようちょう》(十一)
著者　藤原緋沙子《ふじわらひさこ》

2017年4月20日　初版1刷発行
2017年4月30日　2刷発行

発行者　鈴木広和
印刷　堀内印刷
製本　ナショナル製本

発行所　株式会社　光文社
〒112-8011　東京都文京区音羽1-16-6
電話(03)5395-8149　編集部
8116　書籍販売部
8125　業務部

ISBN978-4-334-77463-9　Printed in Japan

組版　萩原印刷